Il Codice di Perelà

연기 인간

Il Codice di Perelà(1911)

Aldo Palazzeschi

Il Codice di Perelà
© 2001 Arnoldo Mondadori Editore S.p.A., Milano
© 2018 Mondadori Libri S.p.A., Milano
Korean Edition Copyright © 2023 Moonye Publishing Co., Ltd. All Rights Reserved.
This Korean edition is published by arrangement with Mondadori Libri S.p.A, Milano through Shinwon Agency Co., Seoul.

이 책의 한국어판 저작권은 신원에이전시를 통해 저작권자와 독점계약한 ㈜문예출판사에 있습니다. 저작권법에 의해 한국 내에서 보호를 받는 저작물이므로 무단전재와 무단복제를 금합니다.

표지 일러스트는 오픈AI가 개발한 이미지 생성 인공지능시스템 DALL·E 2를 활용하여 디자이너가 재구성한 것입니다.

Il Codice di Perelà

연기 인간

알도 팔라체스키

이윤희 옮김

✿ 문예출판사

검은 자궁	9
다과회	49
하느님	99
무도회	107
수녀원 방문	135
묘지기 알라	143
사랑의 초원	147
술꾼 이바	153
빌라 로자	165
델포와 도리	181
알로로의 최후	189
국가위원회	203
왜?	219
페렐라의 구속	237
페렐라의 재판	245
페렐라의 법전	279

옮긴이의 말　　　　　　　　　　　　　　　295

알도 팔라체스키 연보　　　　　　　　　305

애정을 담아 드립니다, 독자들이여!
세상의 부산스러움과 열매와 푸성귀로
우리를 휘감는 그대들을
우리는 풍미 있는 예술 작품으로 휘감으려 합니다.

_ 이 책의 저본은 1911년에 출간된 《페렐라의 법전 *Il Codice di Perelà*》 초판이다.
_ 원서의 체계(행갈이, 행간)를 따랐다.
_ 주석은 모두 옮긴이 주다.

검은 자궁

"페나! 레테! 라마! 페나! 레테! 라마! 페…렐…라……."

"당신은 혹시 사람인가요?"

"아닙니다. 난 불쌍한 할머니라오."

"그렇군요. 그래요, 맞습니다. 당신은 불쌍한 할머니고, 내가 사람이지요."

"당신은 무엇인가요?"

"나는…… 나는…… 아주 가벼워요. 나는 아주 가벼운 사람입니다. 당신은 불쌍한 할머니입니다. 페나, 레테, 라마처럼 말이지요. 그 사람들도 할머니들이었어요. 이 길 끝, 저 아래편에 보이는 게 도시인가요?"

"네."

"저 아래 보이는 저건…… 왕궁인 것 같죠?"

"저건 도시 성문입니다. 왕궁은 중앙에 있어요. 성벽으로 둘러싸인 왕궁을 근위대가 지키고 있지요. 시민들이 자꾸 왕을 죽입니다. 지금 왕은 토를린다오입니다. 도시로 가시나요?"

"네."
"금방 닿을 겁니다. 어디서 오시는 길인가요?"
"저 위에서요."
"도시에 가본 적 있나요?"
"처음입니다."
"저기 좀 봐요. 우릴 향해 오는 저 먼지구름이 보이나요? 왕의 근위대예요. 기마병들이죠. 도시 외곽을 순찰하러 오는 거예요. 난 갑니다. 어서 가보세요. 당신이랑 같이 있는 걸 보면 저들이 날 의심할 겁니다. 혹시라도 대답을 잘하셔야 해요. 그들 관심을 끌 수 있거든요. 그럼 안녕히 가세요. 여행 잘하시고요."

"우리가 저자를 먼지로 뒤집어씌웠군. 뭐가 뭔지 알 수가 없게 됐어."
"가까이 갔을 때 저자가 사라졌다고 생각했지 뭔가."
"사라졌다고?"
"그렇다니까."
"하지만 그건 사람이 아니었어. 안 그래?"
"그럼 대체 뭐였다는 거야?"
"구름 같았어."
"우리가 그걸 먼지로 뒤집어씌웠지. 우리야말로 구름 같아, 이 더러운 길바닥에서 말이야!"

"아냐, 길이 먼지로 덮이기 전에 내가 봤어. 연기 인간이라고!"

"멍청하긴!"

"잘 좀 봐! 연기 인간이라니, 이 바보 얼간이야, 네가 잘못 본 거야."

"내가 그자 신발을 똑똑히 봤다고."

"그 큼직한 장화가 우리 장교들 군화처럼 윤이 나더군."

"은퇴한 기병이 틀림없어."

"잠깐 서보자."

"다시 가보려고?"

"뭣 때무에?"

"그자 좀 다시 보게. 뭐라도 물어보게 말이야."

"말도 안 돼. 난 한 발짝도 못 움직이겠네."

"내기할까?"

"뭘 갖고?"

"너희가 말해봐."

"늙다리 바보 멍청이, 신참 바보 얼간이 같은 장화 말이야!"

"페나! 레테! 라마! 페나! 레테! 라마! 페⋯렐⋯라⋯⋯."

"이봐요, 신사 나리, 어딜 가시나요?"

"도시로 갑니다."

"대체 뭐 하는 분이신지 좀 말해주시겠소?"

"나는…… 그냥…… 사람입니다."

"딱히 사람이 아닌데. 사람 비슷한 건 신발밖에 없어요."

"어디서 오는 길이오?"

"저 위에서요."

"굉장한 답이로군, 신사 양반! 당신 우리가 누군지 알기나 해?"

"왕의 근위대죠."

"제법이군, 그럼 잔소리가 필요 없겠네."

"자기가 뭐로 되어 있는지 물어보세."

"네가 물어봐, 이 바보야."

"나리는 뭐로 돼 있습니까?"

"나는…… 아주 가벼워요."

"내 말은, 당신 육신이 어떤 재질로 구성되었느냐 그 말이오, 뭐죠?"

"연기요."

"내가 그랬지! 맞아, 맞아! 연기 인간이야. 연기 인간이라고! 연기! 연기! 연기!"

"입 닥쳐, 풋내기야! 연기로 만들어버릴까 보다."

"이자 말이 맞는다고!"

"근데, 어쩌자고 그리 뻣뻣해?"

"뵈는 게 없는 모양이지?"

"연기! 연기! 연기!"

"입 다물어……."

"근데 말은 맞아. 맞는다고."

"당신들 내기한 걸 걱정하시는군요."

"신발이 정말 근사하네!"

"다들 입 다물라고……."

"그래봐야 소용없어. 진짜라니까."

"연기! 연기! 연기!"

"우리 눈엔 다 보여."

"가서 왕께 보고드릴까?"

"가서 왕께 보고드리자."

"그래그래, 가자고."

"만나고 싶어 하실 수도 있어."

"무슨 말씀을 하실지는 모르지!"

"연기 인간이라고!"

"연기! 연기! 연기!"

"페나! 레테! 라마! 페나! 레테! 라마! 페…렐…라……."

"세금으로 바칠 거 뭐 없소, 당신? 귀머거리 흉내 말고, 신사 나리야! 아무것도 없어? 신발 안에 말이야!"

"나는…… 아주 가벼워요."

"어허, 이보시오, 아무리 가벼워도 바칠 세금은 있단 말이지. 당신 장화만으로도 정부를 충분히 농락할 수 있어. 이거 괴짜네!"

"그 이상한 색깔 봤나?"

"내가 좋아하는 안개 색깔인데."

"아냐!"

"무슨 일이야?"

"난 짐작이 가."

"뭔데?"

"연기로 돼 있어!"

"아! 아! 아! 아! 아!"

"그래, 연기로 돼 있다고!"

"와서 이 사람 얘기 좀 들어봐. 이자가 연기 인간이 지나가는 걸 봤다고."

"그렇고말고!"

"아! 아! 아! 아! 아!"

"미쳤군!"

"그자한테 얼마를 내라 했는데?"

"자네와 그자는 정말 진상이로군!"

"정말이라고. 다른 여지가 없어. 자기가 아주 가볍다고 했어. 내가 옆에서 똑똑히 봤다고!"

"아! 아! 아! 아! 아!"

"당신은 진짜 사람이오?"

"물론입니다."

"저기 있는 사람이 누군지 말해주겠소? 그 사람도 사람이오?"

"그럼요, 군인입니다. 전쟁에 나갈 준비가 돼 있어요."

"전쟁이라고!"

"그 사람이 쇠와 납과 강철을 짊어지고 있는 꼴이 안 보이시오? 당연히 군인입니다."

"전쟁이라고! 납…… 쇠…… 강철…… 그런데 다 엄청 무겁잖아요?"

"물론이죠. 사탕 들고 적에 맞설 수는 없지요. 그런데 당신은 뭡니까?"

"나는…… 아주…… 가벼워요. 그래요, 아주 가벼운 사람입니다."

"참 수상한 작자로군!"

전쟁이라는 말을 얼마나 많이 들었던가. 페나, 레테, 라마. 이들은 늘 전쟁을 다룬 책을 읽었고, 나는 사람들이 벌거벗고 전쟁터로 떠나는 광경을 그려봤다. 그들의 움직임은 가벼웠고, 발길은 표범처럼 부드럽고 조용했다. 은밀하게 도약하고 잠입하고 위장하며 탈주하기 위한 의도적인 지그재그 행진. 나는 그들이 뭔가 도구로 쓰려고 새의 날개를 낚아채는 것을 본 적 있다. 납…… 강철…… 쇠…… 하지만 군장이 너무 무거워서 짜부라들어 떨어지지 않을까? 어떻게 적을 날렵하게 뒤쫓을 수 있을까? 어떻게 날렵하게 도망칠 수 있을까?

  온통 검붉은 피로 물든 벌판을 보았다. 그 사람들은 더 가볍게 달리기 위해 승리를 외치며 풀려난 자들처럼 보였다!

  이제 나는 전쟁이 거대한 회색 수프처럼 보인다. 오랫동안 나지막한 소음을 내며 접시에 나눠 담는, 그리고 그냥…… 먹을 수 없게 남겨진.

"이봐요! 이봐요!"

"선생! 선생!"

"선생! 빨리 와봐요!"

"이리 와요!"

"당신도요!"

"빨리 뛰라고요!"

"우릴 도와줘요!"

"도와달라고요!"

"빨리, 어서 와요!"

"이 우물이 보입니까? 얼굴을 들이밀고 잘 살펴봐요. 지금 막 소녀 둘이 저 아래로 내려갔는데, 밖으로 끌어올릴 수가 없어요."

"지금쯤이면 죽었을 거야!"

"와주세요!"

"이 우물은 바닥이 없다고 하던데!"

"어마어마하군!"

"아이들 눈이 하늘의 별 같았어!"

"까마귀 날개처럼 아주 까만색이었지."

"아이들 입은 진주가 가득 담긴 산호 보석 상자 같았어."

"여명에 인사하려고 태어난 거야!"

"사랑을 위해! 사랑을 위해!"

"자기 목숨을 끊기로 작정했어!"

"둘 다 한 사람을 마음에 품었지!"

"사라질 때까지!"

"그자가 저쪽에서 울며 바닥을 데굴데굴 구르고 있어. 엄마가 붙들고 있군. 안 그러면 그자도 우물에 빠졌을 거야."

"소녀 둘!"

"베네치아 출신!"

"아이들은 도시의 부인들*에게 진주를 꿰어주려고 왔지."

"사랑 때문에 삶을 결판냈군."

"그 애들이 한 사람을 사랑했다고?"

"그래."

"그런데 왜 우물에 몸을 던졌나?"

"글쎄, 불행했기 때문이지. 그자 마음은 하나인데, 어떻게 불타는 두 마음을 다 품을 수 있었겠어?"

"그럼 한 아이만 우물에 뛰어들었어야지."

"입 다물어요, 당신 아는 게 뭐요?"

---

* 왕궁의 왕비와 귀족 부인들을 총칭

"당신은 누구시오?"

"한 아이만이라니까! 짜증 나네!"

"그 사람 쫓아내요, 가라고 하세요!"

"괴상한 사람인 거 안 보이시오?"

"사람이 아니거든요."

"그럼 대체 뭔데?"

"그냥 안 좋은 거예요, 그거라고요!"

"아주 낮게 내려온, 짙은 구름이야."

"짙은 구름이라고! 납 외투를 입고 있는데!"

"사람이 아니에요! 사람이 아니라고!"

"아냐, 사람이야. 그런데 코끼리 가죽 옷을 입고 있군."

"신발은 엄청 훌륭하고!"

"훔친 거야. 어디선가 훔친 거라고!"

사랑! 나한테까지 올라오는 이 단어를 얼마나 많이 들었던가. 사랑. 나는 페나, 레테, 라마를 기억한다. 그들이 이 단어를 발음하던 때를. 목소리는 흐릿하고 깜박여서 마치 단어가 떠오르는 것만 같았지. 둥지에 있는 작은 새들이 움직이는 것처럼, 생명 최초의 근질거림, 아직은 날갯짓과 날아오름을 알지 못하던 때였지. 사랑. 나는 장밋빛의 가벼운 옷을 두르고 흰 날개의 눈부심 속에서 순백의 웃음을 지으며 서로를 바라보는, 금발의 두 사람을 보고 있었지. 그리고 그들이 장미의 구름에서 저 위로 오르고 또

오르는 걸 보고 있었지…….

저 아래, 어두운 저 우물 바닥에서…… 그가 거기 바닥에서 뒹굴고…….

이제 나는 살가죽이 파리하고 주름진 노파가 오래되어 낡아빠진 검은 비단으로 몸을 완전히 감싼 채 무릎을 꿇고, 손에는 붉은 흙 주전자를 들고서, 표독스럽게, 경계하며, 주변을 살피는 모습을 보고 있다. 땅바닥 갈라진 검은 틈으로 누런 물을 흘려보내도 아무도 알아채지 못한다.

"들어오세요, 들어와요, 선생님!"
"올라오세요. 왕궁의 대향연에 귀족들이 다 모여 당신을 기다립니다."

"선생님, 왕과 왕비의 이름으로, 왕궁의 이름으로, 당신을 국빈으로 맞이합니다.

왕은 당신이 이 도시에 납시었다는 보고를 받자마자 곧바로 궁내에서 만날 의향을 피력했소.

왕궁 근위대가 당신 소식을 전할 때 과장이라고는 전혀 없었는데, 당신은 참으로 이 세상 그 어느 왕국에서 만난 사람보다 훨씬 더 독특한 위인이로군요. 그런데 어디서 오시는 길이오?"

"저 위에서입니다."

"저 위란 어디요?"

"빛으로 내려가기 전에 내가 늘 머물렀던 곳입니다."

"빛으로 오기 전에 거기 오래 계셨소?"

"다들 그렇듯이, 아홉 달 머물렀겠지.*"

"아마도 30년 이상, 아니, 분명 32년이나 33년 머물렀습니다."

"이자가 우릴 조롱하고 있어, 조롱을."

"조롱하는 분위기는 아닌데, 조용히 해봐."

"당신은 언제 태어났소?"

"모릅니다. 오늘 새벽에 빛으로 내려왔습니다."

"도대체 이 '내려왔다'는 말이 무슨 뜻이야?"

"오늘 아침에 태어났다고 하잖아. '태어나다'와 '오다'는 같은 거 아닌가?"

"하지만 내려왔다고 하는데."

"그럼 태어날 때 어떻게 되나, 올라가나?"

"내려가지도 않지. 그렇게 크고 무겁게 태어난다는 말이야?"

"그러니까 이자는 연기로 되어 있어, 연기라고. 정말 놀랍지 않아?"

---

* 인간의 임신 기간은 약 40주, 서양에서는 9개월, 우리나라에서는 보통 10개월로 친다.

"실례지만, 신발을 신고 태어났습니까?"

"아니요. 내려오자마자 발견했습니다."

"또 내려온다 그러네!"

"태어나면서 내려왔다 하잖아. 뭐가 잘못됐는데?"

"그런데, 당신 말처럼 30년이나 그 이상을 엄마 뱃속에서 살았다면서, 그동안 남아 있는 기억이나 장면이 있을 거 같은데요."

"기억은 있어요. 장면은 없고. 매 순간을 다 기억합니다. 하지만 보는 건 불가능해요. 내 주변은 온통 검었어요."

"근데 그때 보긴 봤습니까?"

"검정."

"검정을 보고 있었다고요?"

"그럼요, 그렇다니까요. 딱히 길게 얘기할 것도 없지요. 엄마 뱃속에서 검은 거 말고는 안 보여요. 대체 뭘 볼 수 있겠소?"

"이 친구야, 엄마 뱃속에선 예쁜 뿔이 보이지!"

"이자가 봤다는 게 그거야. 검정, 검은 자궁을 봤다고 하잖아, 바로 그거라고!"

"검은 자궁?"

"그렇다니까, 뭐 이상한 거 있어?"

"선생님 좀 더 말씀해주세요. 어머니를 어떻게 떠나셨나요?"

"내가 내려왔을 때 그 여자들은 없었어요. 목소리가 더는 들리지 않아서 바로 내려온 거죠."

"그 여자들? 누군데요?"

"페나! 레테! 라마!"

"그들이 누군데요?"

"이자 엄마들이야."

"미쳤군, 미쳤어!"

"어쩌고 어쩌고 어째?"

"그렇습니다."

"그렇다고요? 당신 엄마가 셋이라고요?"

"미쳤군!"

"그러니까, 이자 엄마가 셋이란 건데, 그게 뭐 이상한가? 사람이 이상하고, 모든 게 이상하면, 뭐가 이상한 거야?"

"페나! 레테! 라마! 페나! 레테! 라마! 페…렐…라……."

"이자를 페렐라라고 부릅시다!"

"이자를 페렐라라고 부릅시다."

"그건 아닌데, 페렐라라니, 그게 무슨 뜻이야?"

"골라라는 이름의 왕이 있었는데, 골라가 무슨 뜻이 있어? 그럼 이자도 페렐라라 부를 수 있는 거지."

"그러면 설명 좀 해보시오, 하늘의 사랑으로, 제발 좀 설명을 해보시라고. 왕께 뭐라고 얘기를 해야 하지?"

"오늘 아침까지 머물렀던 곳은 이미 엄마의 배 속이 아니었고 벽난로 꼭대기였습니다."

"아아아아아!"

"우우우우우!"

"오오오오오!"

"그렇군!"

"벽난로라고?"

"딱한 작자로군!"

"내 아래로는 늘 장작이 타고 있었습니다. 가느다란 불길이 끊이지 않고 말입니다. 한 줄기 연기가 내가 있던 굴뚝까지 올라왔지요. 언제 생각할 줄 알게 됐는지, 알고 이해하는 기능이 생겼는지는 기억나지 않아요. 그저 존재하기 시작했고, 점점 내 존재를 깨달았고, 들었고, 이해했고, 느꼈습니다. 처음에는 알 수 없는 노랫소리, 똑같게 들리는 목소리를 들었어요. 내 아래에 나와 밀접한 관계가 있는 존재들이 있구나, 라고 이해했습니다. 그리고 내가 하나의 생명임을 느꼈지요.

날이 지나갈수록 목소리를 더 잘 알아듣게 되었고, 단어를 구별하기 시작했으며, 의미를 이해하게 됐어요. 그 단어들이 내 안에 무기력하게 남아 있지 않다고 느꼈어요. 유기적으로 작동하기 시작했지요.

불은 끊임없이 타올랐고 뜨거운 연기가 올라와 내 생명을 키워주었지요. 난 이제 사람이었습니다.

내 아래에서는 세 할머니가 번갈아 뭔가를 읽었고 번갈아 말을 하고 있었습니다. 그런데 다른 사람들은 선생에게서 배운다는 사실을 알게 됐습니다. 페나, 레테, 라마는 아무 쓸모도 없는 지식을 나한테 쉬지 않고 전해줬어요.

나는 전쟁에 대해, 사랑에 대해, 철학에 대해…… 배웠습니다."

"철학에 대해서도요?"

"그래요…… 가벼운 철학…… 가벼운…….."

"나쁘지 않네요."

"세 할머니가 서로를 뭐라 부르던가요?"

"페나, 레테, 라마."

"이름 한번 이상하네!"

"난 이름이 다토*라는 사람을 알아, 얼마나 근사해!"

"그건 이름이 아니오. 그저 서로 구분하기 위해 사용하는 세 단어일 뿐이오. 오! 완전히 다르게 불러야 했는데!"

"그런데 당신이 저 위에, 굴뚝 꼭대기에 있는 걸 그 할머니들이 알고 있었소?"

"그걸 알았냐고요? 그걸 알아낼 길이 없었죠. 그들은 나에 관해서는 한마디도 하지 않았으니까."

"그럼 당신도 전혀 말을 하지 않았습니까?"

"오늘 아침에서야 내가 말을 한다는 사실을 깨달았어요. 처음으로 그들을 불렀을 때 말입니다. 페나! 레테! 라마! 페나! 레테! 라마! 페…레…라……."

"울지 마세요."

"용기를 내요."

"이런, 세 할머니가 이자의 엄마들이었어. 마음껏 울게 두자고!"

"하지만 그들이 계속해서 거기서 읊어대고 있었다면, 그

* '자료', '논거'라는 뜻이 있다.

릴 만한 이유가 있었겠지."

"몸을 데우려고 벽난로에 붙어 있었을 수도 있지."

"여름에도 불을 계속 지피고 사나?"

"언제나."

"그럼 당신이 위에 있는 걸 알고 있었겠군. 다만 말을 하지 않기로 했겠지."

"그런데 당신은 자신을 어떻게 생각하시오?"

"나는 어쩌면 그 돌돌 말려 올라오는 연기가 뭉쳐서 만들어진 걸까요? 세포 하나하나가 마치 건물 벽돌처럼? 그 불이 내뱉는 거면 뭐든 나를 만드는 데 쓰인 거지요……."

"연기가 굴뚝 밖으로 나가지 않았나요?"

"굴뚝은 머리가 있는 바로 그 꼭대기에서 막혀 있습니다."

"아! 그렇다면 검은 자궁이 잠겨 있는 거로군요."

"자궁은 원래 다 그렇지 않나요, 지금까지도……."

"아니면, 나는 저 위에서 사람으로 시작됐을까요? 지금의 나처럼, 하지만 다른 사람들처럼 똑같이 육신을 지니고 옷을 입은 그런 사람으로 말입니다."

"바로 그겁니다!"

"그게 맞아요! 할머니들이 당신을 거기에 숨겨놓았던 거요!"

"그 세 할머니가 비밀을 쥐고 있군."

"그러나 자기들 이름을 알려주고 싶어 하지 않는다는 건 확실해……."

"말을 하고 싶어 하지 않는다는 얘기네."

。

"그래서, 타고 있는 불 때문에 날이 갈수록 난 서서히 숯이 되고 있었지요. 길게는 해가 갈수록 변하고 또 변해서, 마침내 원래 형상은 유지하면서 아주 농밀한 연기가 되고 말았지요. 그거야말로 지금까지 타오르는 불이 육신에서 달성한 가장 정밀한 순화였지요."

"순화!"

"순화!"

"순화!"

"그렇지, 그렇지."

"그래요, 바로 그거야."

"순화!"

"이자는 그 세 할머니의 애인이었을 거야. 그들이 이자를 죄에서 씻겨준 거라고."

"이집트 애인이겠군!*"

"할머니들 나이는 얼마나 됐소?"

"백 살!"

"맙소사!"

"그럼 당신은 검은 자궁에 얼마나 있었소?"

"말했잖아요, 약 30년이라고."

"나이 일흔에 애인을 됐다는 건가?"

"게다가, 셋이서 애인 하나를!"

---

* '이집트'는 낡고 오래된 대상의 비유다. 따라서 연기 인간이 세 할머니의 연인이라는 말을 비꼬는 의미로 쓰였다.

"정말 늙어빠졌군!"

"안심하세요, 페렐라 씨. 그들이 저 위에서 지금 당신 모습 그대로 당신을 사람으로 숨겨뒀던 거고, 불 위에 있었기 때문에 당신은 연기가 되었던 겁니다. 다 극히 자연스러워요. 어떤 것이 불에 타면 숯이 되고 그다음에는 연기가 되는 거 아니겠소."

"하지만 연기는 허공으로 흩어지지요."

"그래도 벽난로 굴뚝 꼭대기가 막혀 있으니 허공으로 가지는 못했지요. 지극히 자연스럽다 봅니다……. 그러니까, 요컨대, 당신은 연기가 뭉쳐서 만들어졌다는 거 아닙니까? 사람의 태아가 굴뚝 꼭대기에 있었다니! 자궁은 검든 하얗든 무언가를 생산하기 위해서는 씨앗이 필요한 법이오."

"굴뚝에서 씨앗은 곧 연기입니다!"

"그건 아니죠. 이자는 사람이니까. 페렐라 씨! 지금 형상대로 그 굴뚝 속에 있었고, 서른두 살인가 서른세 살 됐다는 건데, 정말입니까?"

"네, 네."

"보기에는 나이가 더 들었는데."

"그럴 수도 있어요. 하지만 아주 늙지는 않았겠지요."

"이자는 오랫동안 사람으로 살았어요. 원하는 만큼……."

"순화되기 위해서."

"그렇습니다! 33년 지은 죄는 33년 속죄해야 합니다.*"

* 그렇다면 66세가 되는 셈. 그래서 더 늙어 보일 수 있다.

"페렐라 씨, 당신은 순화된 사람입니다. 그래서 우리 눈에는 당신이 특별하고 출중한 존재로 보이는 것 같아요."

"왕께서 얼마나 기뻐하실까!"

"당신 둘이 곧바로 학수고대 기다리시는 폐하께 가서, 우리가 이 사람을 만나 접촉하고 심문했는데, 이 사람은 정말로 연기로 되어 있고, 완전한 신사이며, 의심할 바는 전혀 없다고 전하시오. 마음 놓고 계시면, 나중에 필요한 설명을 다 드리겠다고 말이오. 모든 일이 처음 생각보다 훨씬 더 쉽고 자연스럽게 해명되고 있군요. 어서, 가봐요, 가봐요."

"그러니까 우리가 여기 있는 겁니다. 좋아요, 아주 좋아요 페렐라 씨. 곧바로 숙소를 마련하겠습니다. 필요한 사항은 뭐든 요청만 하시기 바랍니다."

"그럼요, 당연하지요. 두말하면 잔소리지요. 당신은 우리가 모르는 어떤 이유 때문에 저 위에 있었다는 거 아닙니까. 입고 계신 옷을 보니…… 잠깐 좀 몸을 돌려보실 수 있을까요. 음…… 어쩌면 스페인 사람 같기도 하네요."

"아니면 프랑스 사람."

"프랑스 사람이에요."

"프랑스 사람이라니!"

"프랑스 사람이면 느낄 수 있을 거야."

"아냐, 근위 기병* 같아."

"근위 기병이라니!"

"입은 옷을 보아하니, 혁명**에서 도망친 기사가 맞아."

"그래, 맞아, 근위 기병이야!"

"혁명에서 도망쳤어."

"저건 혁명군 장화처럼 생겼는데?"

"그렇지만 이 친구야, 이자는 장화를 오늘 아침에 발견했어. 저 위쪽, 자기 자리에서 여기로 내려오기 전에 찾은 거라고."

"장화는 우리가 신는 거랑 똑같아! 연기로 된 게 아니라고!"

"그 여세 드시 부인들이 얼마 전에 제일 솜씨 좋은 제화공에게 이자의 장화를 주문했어. 우리 장교들이 신는 장화랑 완전히 똑같아."

"마름질로 봐서는 내 동생 단골 제화공 솜씨 같은데."

"장화가 어디서 나온 건지 세 할머니가 안다는 얘기잖아. 그 할머니들이 장화랑 무슨 관계가 있다는 거지?"

"페렐라 씨, 이야기를 마저 들려주세요. 은신처에서 어떻게 떠날 결심을 하셨나요?"

"사흘 전에 내 아래에서 들려오던 단조로운 대화가 사라졌어요. 기다리고 기다려도 내 영혼을 먹여 키우던 흠모하는 목소리가 더는 들려오지 않았어요. 저 아래서 타오르던

---

* 소총으로 무장한 16~17세기 프랑스 근위 기병을 가리킨다.
** 프랑스 대혁명

불도 꺼졌지요. 주위는 온통 차가워지고 침묵에 잠겼어요. 몸은 안정을 잃었고, 부들부들 떨리기 시작했어요. 걱정하며 기다렸지요. 페나, 레테, 라마는 어디로 갔을까? 왜 나를 홀로 두고 떠났을까? 설마 나를 버린 걸까? 어쩌면 영원히? 나는 혼란에 빠졌고, 끔찍한 고뇌로 비비 꼬였지요. 그곳에서 더는 견딜 수 없게 됐고, 소화 안 되는 요리가 위장 속에 남아 있을 때처럼, 이리저리 뒹굴기만 했습니다. 나는 벽을 손으로 짚고, 등으로 지탱한 채 무릎으로 버티면서 마침내 아래로 내려왔어요. 아래쪽으로는 굴뚝이 넓어졌고, 쇠사슬 고리가 달려 있었지요. 그 고리에 간신히 매달려서 바닥까지 아래로, 아래로 내려왔답니다. 아래에는 아직 재가 남아 있었고, 벽난로 주위로는 빈 의자 세 개와 커다란 책 한 권이 표지가 덮인 채 바닥에 있었어요. 발을 디뎠던 그곳 바로 옆에는 윤이 반짝반짝 나는 아주 멋진 장화가 한 켤레 있었고요. 그때까지 굴뚝 꼭대기에 익숙했던지라 바닥이란 것에 너무나 낯선 느낌이 들었고, 나도 모르게 발을 그 장화에 넣어버렸지요. 그러자 안전한 느낌, 올곧은 느낌, 자리가 잡힌 느낌이 들었고, 그래서 쇠사슬 고리를 놓고 걸음을 내딛기 시작했어요. 집 안을 이 방 저 방 여기저기 뛰어다녔어요. 아무것도 없었어요. 살아 있는 표식도, 사람도, 움직이는 건 아무것도 없었어요! 목이 찢어져라 소리를 질렀지요. 페나! 레테! 라마! 아무도 없었어요! 미친 듯이 울부짖다가 결국 자포자기에 빠졌습니다. 모든 것이 끝났고 인생이 끝장났다는 생각이 들었을 때쯤 그 집 현관에 도달해 있었어요. 열린 문 앞으로 이 도시까지 이르는 지방 국도가 먼지에 덮여 펼쳐져 있었지요.

나는 아무것도 못 봤지만 다 알고 있었지요. 사람들의 수많은 이야기, 사람들이 어땠는지 정확히 알지는 못해도, 사물 이름을 다는 알지 못해도, 그 이름에 상응하는 사물이 어떤 건지 알지는 못해도, 다 알고 있었습니다. 이제 봐야만 했지요."

"왕궁을 에워싼 사람들은 다들 페렐라를 보고 알고 싶어 합니다."

"이제는 그 이름을 모르는 사람이 없습니다!"

"많은 사람이 그가 지나가는 걸 봤다고 하면서 무슨 수를 써서라도 만나고 싶어 합니다."

"사람들이 문으로 몰려들고 있어요!"

"도시의 귀부인들이 무슨 일이 있는지 알고 싶어 전화를 했습니다."

"왕은 군왕에 어울리는 최고의 예의를 갖춰 페렐라를 모셔 오라고 명령했습니다."

"왕비는 진심을 다해 그의 말을 경청하겠노라 말씀하셨습니다."

"왕궁에서 열릴 대규모 연회를 준비하고 있습니다."

"높으신 분들이 페렐라 씨를 만나겠다고 요청하고 있습니다. 들여보낼까요?"

"페렐라 씨, 당신 이름이 모든 사람의 입에 오르내립니다. 다들 연기 인간 얘기만 하고 있어요! 페렐라! 페렐라! 여기도 페렐라, 저기도 페렐라. 이 모든 사람을 만족시키려면 페렐라가 열 명은 있어야 할 겁니다!"

"페렐라 씨를 접견실로 모셨습니다. 하인장이 먼저 온 사람들을 소개하겠습니다."

"위대한 화가 크레센초 파케토."

"고명하신 페렐라 씨, 진심으로 존경하는 마음과 최고의 경의를 담아 귀하를 소개하게 해주시기를 바랍니다. 귀하를 뵈옵는 것도 영광이고, 명예로운 일을 허락해주신 것도 영광이니, 모두 거룩하게 가슴에 새기겠습니다.

귀하는 제가 지금 하고자 하는 일에 분명코 부응해주시리라 확신합니다.

제가 귀하의 초상을 가장 완벽하게 완성할 화가임을 자랑스럽게 생각합니다. 두말할 필요 없이, 귀하의 초상화는 제 대표작이 되겠지요. 이미 저는 이와 관련한 계획을 치밀하게 세웠습니다. 다음 전시회를 준비하고 있기도 합니다만, 세상의 어떤 초상화가도 제 작품과 겨루지 못할 것입니다.

따라서 이러한 은전을 다른 누구에게도 베풀지 말아주시기를 간곡히 바라 마지않습니다.

이제 언제 어디서든 절대적인 갈채를 받았던 제 최근 작품을 귀하께서 평가해주십사 부탁드립니다. 자, 이리 오세요. 앞으로 좀 나오실 수 있으신지요. 몸을 좀 더 앞으로 숙여주십시오.

이제 충분히 관찰하실 수 있죠, 페렐라 씨? 작품 속 여인은 16세기 귀부인이고, 그녀 앞에 있는 저 기사는 꿇었던 무릎을 이제 막 펴고 일어났습니다. 사랑을 고백하는 자세였지요. 고귀한 모습으로 서 있는 저 부인은 가냘픈 검지로 창문을 가리킵니다. 창턱 위 자그마한 나뭇가지에 달린 저 붉은 장미가 보이나요? 자, 부인이 기사에게 몸짓으로 말합니다. 저걸 가지세요. 또 이렇게도 말하는 거 같지 않습니까? 당신의 고백 위에 내 사랑을 담은 화관을 씌웁니다. 당신 가슴에 저 꽃을 간직해주세요. 첫 입맞춤의 징표로 말입니다. 부인이 기사를 바라보는 모습이 보이나요? 창턱 위의 장미꽃을 가리키는 모습이?

이 그림의 제목은 바로 '장미'입니다."

"저 부인이 뭐라 말합니까?"

"가지세요, 저 꽃은 그대 것이라오."

"근데 난 이렇게 말하는 것 같은데요. 이봐요, 당장 나가요!"

"오! 페렐라 씨, 어떻게 그런 말씀을? 부인의 눈빛이 안 보이세요? 사랑을 열망하는 입술이 안 보이세요?"

"그녀는 이렇게 말하고 있어요. 나가주세요."

"어떻게 그렇게 말씀하실 수 있습니까? 부인이 창문을 가리켜도 말인가요?"

"창문으로는 나갈 수 없나요?"

"없지요, 없어요. 나갈 수 없지요. 부인이 이렇게 말할 수 있을 거라고 생각하시는지요? '그대가 죽도록 맞는 걸 보고 싶어요'라고요. 그러나 절대로 그렇게 말할 수 없어요. 제 그림의 의미는 절대로 뒤집힐 수 없어요. 제 작품을 완전히 잘못 보고 계시는 겁니다. 그 오류가 지금 이 순간 저에겐 치명적입니다. 가보세요, 어서 가서 모습을 감춰주시기를 바랍니다.

이렇게 제 말씀을 들어주셔서 감사합니다. 귀하의 처음이자 유일한 초상화가가 되는 특권을 저에게 베풀어주셔서 더욱 감사드립니다. 또한 보잘것없는 작품에 그리도 관대하게 아낌없이 진정으로 부당한 칭송을 해주셔서 감사를 드립니다."

"사진사들입니다. 천천히, 천천히, 두 명씩. 시간은 충분합니다!"

"이쪽으로 몸을 돌려주실 수 있을까요, 페렐라 씨?"

"좋습니다, 얼굴 옆면을 찍어보겠습니다."

"앉아주시겠습니까?"

"신문을 읽는 시늉을 해주시겠습니까?"

"손에 담배를 들어주시겠습니까? 성냥도요, 그렇게요, 이쪽으로, 그렇지요."

"다리를 이렇게 꼬아주실 수 있습니까?"

"팔을 이렇게 두실 수 있습니까?"

"왼쪽 다리를 이렇게?"

"장화를 들어 올려주시겠습니까?"

"싫어요!"

"완전히 벗으시라는 게 아니고요. 촬영 구도상 필요할 거 같아서입니다. 벗어버리라는 뜻은 아닙니다."

"싫어요!"

"무슨 말씀인지요? 제발 부탁드립니다."

"좋아요."

"고맙습니다."

"고맙습니다."

"존경합니다."

"페렐라 씨."

"대단히 감사합니다."

"대단히 감사합니다."

"은행가 로텔라입니다."

"귀하께서 우리 도시에 왕림하셨다는 소식을 접하자마

자 곧바로 서둘러 왔습니다. 귀하께 경의를 표하고, 제 말씀도 들어주십사 청할 겸 해서 왔습니다.

귀하가 뭐 하나 없이, 그저 대단히 멋진 장화만 신고 도착하셨다고도 들었습니다."

"이겁니다."

"상당히 좋습니다. 귀하가 원하시는 대로 제 돈을 마음껏 사용하시기 바랍니다. 단지 귀하만을 위한 게 아니라 앞으로 우리가 함께 수행할 소중한 사업 때문이라는 사실을 알아주셨으면 좋겠습니다."

"내가요?"

"물론입니다."

"나는 연기일 뿐인데……."

"바로 그렇기 때문입니다."

"그런 초라한 본성이 무슨 이득의 원천이 될 수 있단 말인가요?"

"자, 보십시오. 그냥 연기가 아니라 연기를 통해 세상을 가장 심오하게 성찰할 수 있습니다. 그저 사물에 가치를 부여하는 것으로 족합니다. 우리를 둘러싼 모든 사물은 우리의 유산이자, 우리의 부강함을 보여주지요. 그렇게 가치를 매길 줄 안다면 말씀입니다. 태양을 보십시오. 태양은 오로지 은행의 고액권 수표, 바로 그 자체입니다. 이 수표를 귀하가 현금으로 바꿀 수만 있다면 귀하의 행복을 위해 쓰실 수 있습니다."

"태양?"

"그렇습니다, 태양이요."

"그건 맞아요. 그렇지 않을 수가 없지요. 태양이 동전이라면 너무 무거울 테니……."

"떨어지겠지요, 물론이죠. 아니, 벌써 떨어졌을 겁니다."

"반대로 종이라고 하면……."

"한 조각 종이라는 거지요…… 가벼운……."

"그래서 위에 있지요."

"그렇습니다. 여기 제 주소가 있습니다. 연락만 주시면 바로 귀하가 마음껏 쓰실 수 있도록 만반의 준비를 해놓도록 하겠습니다. 하나에서 열까지 말씀입니다. 페렐라 씨, 감사합니다."

"시인 이시도로 스코피노입니다."

"제가 애인과 길을 지나다가 사람들이 그대 얘기만 하는 걸 들었습니다.

천박한 자가 입에 올려 특별하다 여기지 않았던 그 이름이 제 애인의 입술 위에서 정녕 진정한 의미를 얻었나이다.

저는 제 애인에게 그대 이름을 수도 없이 되뇌라고 했습니다. 저녁마다 시poesia라는 위대한 말을 반복하게 합니다. 그 입술 위에서 페…렐…라, 사뭇 급속하게 휘발하는 그 말이 보이는 한편, 시라는 말은 가볍고 섬세하게 떠올라 갈 길을 갑니다. 그대는 이 말이 내는 소리가 들리십니까? 오…

에… 이… 아… 같은 모음, 그리고 단어 처음에 나오는 프P는 영혼을 불어넣는 떨림과 같고, 스S는 이 말을 추동하고 떠받치며 위로, 위로, 위로…… 올려줍니다…….

페렐라 씨, 시는 푸르고 둥근 공이며, 시인은 그 공을 부풀어 오르게 하는, 천상으로 상승시키기 위해 준비하는 가벼운 숨결입니다. 어떤 기술일까요?*

공이 위로 오를 수 있도록 부풀게 하고 또 부풀게 해서 투명하게 만들지요."

"그대가 공을 부풀게 하는 동안에 아무것도 그 안에 들어가지 않도록 조심하시겠지요."

"그럼요! 별거 아닌 물건의 사소한 파편 하나만으로도 공은 뜨지 못합니다. 이 눈부신 공 내부에 예사롭지 않은 무언가가 있는 듯 보이지만, 사실 아무것도 없습니다. 허공을 차지하는 것, 그게 시인의 기술입니다.

그대를 위해 송가를 한 편 지으려 합니다. 그리고 곧바로 우리 도시 최고의 잡지에 실도록 하겠습니다.

나의 시집을 가져왔습니다. 《병든 발라드》.**"

"어떤 병인가요?"

"오, 병이 들지는 않았어요. 아주 건강합니다."

"그럼 왜 병들었다고 하시나요?"

"그러지 않으면 사람들은 발라드의 내용이 어떤지 관심

---

* '기술arte'은 시인이 공에 숨결을 넣어 부풀리고 하늘로 날아오르게 하는 비밀, 방법, 기예를 뜻한다.

** *Ballate Malate*

도 없거든요.

나의 우정을 믿어주세요. 나도 그대의 우정을 믿을 수 있기를 바라고 있습니다. 우리는 둘 다 시인이잖아요. 협력하면 극적인 시 한 편을 쓸 수도 있을 겁니다."

"박사 아고스티노 피페르입니다."

"왕궁 전속 의사입니다, 페렐라 씨. 당신께 경의를 표하고 당신 머리끝에서 발끝까지 전신 종합 건강 진단 보고서를 왕께 올리기 위해 검사검사 왔습니다. 손목을 좀 짚어봐도 될까요? 아주 좋습니다, 최고입니다. 혀를 내밀어주시겠습니까? 좋아요, 좋아요.

여기 제 명함이 있습니다. 도움이 필요하시면 언제든 연락주시기 바랍니다."

"위대한 철학자 안졸리노 필라, 일명 필로네입니다."

"페렐라 씨, 아시겠지만 나는 철학자가 아닙니다. 사람들 말에 귀 기울이지 마세요. 사람들은 나를 독설가라고 부르더군요. 독설가 이상도 이하도 아닌, 딱 독설가라나요.

누군가 자기와 비슷한 사람들을 향해 예의라고는 하나도 없이 마구 지껄일 수 있다면 그 사람이 바로 철학자입니다. 사람들이 그런 대접을 받을 만한지 아닌지 논의하면 할수록 철학자는 더 위대해질 것입니다.

사람들은 항상 자기와 비슷한 사람들 험담을 할 필요가 있어요. 그런데 머리가 썩 좋지는 못하니까 스스로는 충분히 말을 못 하고, 다른 뭔가가 대신 말해주는 방법을 만들어냅니다. 이런 어리석은 사람들이 죄다 출판하고 퍼뜨리고 베끼고 따라 하고, 그리고 또다시 되풀이해 말하면 아, 그들이 이런 걸 생각했겠구나, 깨닫지요. 그렇게 갑니다. 모두 진흙탕 속에 잠긴 비슷한 자들을 보는 겁니다. 높은 곳에 앉아 즐거워하고 기꺼워하며 자기랑 비슷한 사람들을 바라보는 거지요.

그런데 한 가지 알고 싶은 게 있습니다. 뭘 하러 여기에 오신 겁니까?"

"이유는 없어요."

"네, 괜찮습니다. 뭐든 하고 나서 원래 있던 곳으로 돌아가시면, 사람들을 다시 알아보게 되실 거고, 그게 당신한테 더 나을 테니까요. 그러나 이번에는 사람들을 만나시지 않는 편이 좋겠어요. 당신도 다른 사람들처럼 나무 벌레가 되고 싶으신가요? 벌레가 자기 집을 갉아먹는 것처럼, 사람들도 자기 집을 갉아먹고 있어요.

그 갉아먹는 일을 정당화하려고 어떤 이유를 들이대는지 아십니까? 땅이 자기들을 끌어내린다고 말합니다! 끌어내린다고요! 그들은 땅에 뿌리를 내렸고 벌레의 부지런함으로 번식을 계속합니다. 오! 땅은 그들을 언제까지라도 기꺼이 게워낼 겁니다! 그들은 척박한 땅에서 소화 안 되는 음식과도 같아서 뭐 하나 위장까지 내려가지도 못하고 목과 위장 사이에 얹혀 있습니다.

그러나 벌레들이 진짜로 창조하고 발명한 게 하나 있습니다. 그 공로는 인정해야 해요. 바로 먼지입니다. 벌레들이 어디로 나아가는지, 갈기갈기 찢긴 참혹한 모습을 어디서 문지르는지 잘 보세요. 벌레들이 제자리걸음을 했던 그 길을 바라보세요. 벌레들은 그 길을 갖가지 도구로 가능한 한 더 잘 마찰시키면서 자기 몸을 질질 끌고 다닙니다. 척박한 땅을 먼지가 뿌옇게 일어날 수 있을 정도로 말입니다.

손바닥 안에 들어오는 물건 조각이라도 그걸 제작하려면 엄청나게 큰 기계가 필요한 법입니다. 오늘 당신은 오르지 못할 것 같은 멋진 바위산을 봅니다. 그런데 사람들이 어루만지고 찔러보고 흠집을 내보다가 구멍을 뚫기 시작한다면, 삽시간에 그 바위산이 눈앞에서 사라질 겁니다. 사람들이 산을 먼지로 만들어버렸을 테니까요.

커다란 나무 한 그루가 우뚝 서 있습니다. 당당한 위엄을 뽐내며 자기 영역을 점유합니다. 사람들이 그 나무 주변을 어슬렁거립니다. 작은 도구로 뿌리를 건드려보고, 깎아내고 할퀴고 구멍을 뚫다가 쓰러지게 만듭니다. 더 세밀한 작업을 더 길게 이어가면서 말입니다. 나무가 그들 머리 위로 쓰러져 내리는 게 우연은 아닙니다! 적절한 순간에 뒤로 물러나고, 나무는 쓰러지지요.

내 말을 들어보세요. 여기 있지 마시고, 당신 집으로 돌아가세요. 자신을 믿지 마시고, 사람들이 당신 얼굴을 찌푸리게 만들어도 개의치 마세요. 사람들은 그저 장난삼아 누군가를 추어올리다가 내팽개쳐버립니다. 높이 올릴수록 내팽개치는 재미도 올라가지요."

"하지만 난 연기로 되어 있어요."

"아, 그거야 그렇지요. 맞습니다. 당신은 연기 인간이에요. 그럼, 머무시든가요. 안녕히, 친애하는 동료여!"

"대주교 예하."

"당신 이름은?"

"페렐라."

"아주 좋아요. 페…렐라. 그렇지요, 페렐라. 그렇다면 친애하는 페렐라 씨도 선택받은 나의 어린 양이라고 확신합니다. 결국 당신은 사람이니까요."

"아주 가벼운."

"아! 자, 자, 자, 나의 친애하는 페렐라 씨, 육신이 가볍다는 건 아무런 의미가 없어요. 당신은 누구보다 도움과 보호가 더 많이 필요합니다. 육신보다는 영혼이 가벼울 필요가 있어요. 영혼은 스스로 저지른 죄를 줄이거나 변호하지 않고서는 가벼워질 수가 없습니다. 그래야만 하늘로 오를 수 있지요."

"영혼은 무엇으로 이루어지는지요?"

"영혼은 정신입니다."

"그게 보입니까?"

"정신은 보이지 않지요."

"그렇다면 당신은 사람이 하늘로 오르는 걸 보신 적이 없다는 겁니까?"

"우리에게 보이지 않아도 선택받은 모든 정신은 하늘로 오릅니다."

"다른 정신은요?"

"다른 정신은 아래로, 지옥으로 묻힙니다."

"더 무겁기 때문에."

"물론이죠. 죄의 무게에서 벗어나지 못했기 때문이지요."

"바로 그거군요."

"저는 그저 왕궁의 비천하고 충직한 하인일 뿐입니다. 왕의 방을 관리하는 가장 오래된 급사이지요. 이곳에서 많은 왕을 뵈었고 총애를 받았습니다. 그분들의 영예를 누렸고, 그분들의 암살을 슬퍼했습니다. 그러나 오늘 당신 이야기를 들었을 때, 그러고 나서 당신을 뵈었을 때, 새로운 왕의 모습을 그렸습니다. 다른 어떤 왕보다도 더 위대하고 위엄에 찬 모습을요. 그런데 당신이 연기로 되어 있다는 말이 정말 사실입니까?"

"네."

"불 위에 있는데 어떻게 타지 않을 수 있습니까? 어떻게 그런 상태에 도달할 수 있습니까? 제 미천한 생각으로는 그런 경이로움에 이르지 못합니다. 당신 손에 입을 맞출 수 있게 해주십시오. 당신께 헌신하는 가장 천한 하인으로 여겨주십시오. 오직 당신이 제게 명령하는 경우에만, 당신의 그 고귀한 자비심을 제게 보여주시는 경우에만, 제가 행복하다는 점을 기억하시도록 어떤 일이든 하겠나이다."

"의전 담당자가 일정을 읽어드리겠습니다."
"일정.
'내일 금요일, 오후 5시에 도시의 주요 귀부인들이 페렐라 씨에게 차茶를 대접하실 것입니다.'"
"왕비도 참석하십니까?"
"아닙니다.
'페렐라 씨 외에 다른 사람들은 초대되지 않습니다. 엄숙한 파티를 바라는 폐하의 특별 배려입니다.
모레 토요일 오후 5시에는 왕비께서 페렐라 씨와 특별히 개인 환담을 나누고자 하십니다.
일요일 저녁 9시에 페렐라 씨는 사람들 앞에 나서게 될 것입니다. 우리 귀족 신사들과 귀부인들이 페렐라 씨를 왕궁 사륜마차로 모시고 도시의 모든 길과 근교를 지날 것입니다. 도시는 환하게 불을 밝히고, 14인조 이상의 악단이 사람들이 가장 붐비는 지점에서 연주할 것입니다.

　같은 날 밤 11시에는 왕께서 참석하시는 왕궁 대무도회가 있습니다.'

　이상입니다……. 정숙! 이상입니다. 우리나라의 새로운 법전을 만들기 위해 만반의 준비를 한 편찬 위원회의 세 번째 위원으로 국왕 폐하께서 페렐라 씨를 지명하십니다."

다과회

"우리가 다들 너무 굽실굽실하지요, 그렇지요, 여러분?"
"그렇습니다!"
"다들 그래요!"
"너무나도요."
"그럼요!"
"맞습니다!"
"정말 그렇다고요!"
"얼마나 그런지 몰라요!"
"우리가 페렐라 씨를 영접하면서 너무 굽실거리는 거 아닌가요."
"똑같은 사람인데!"
"왕께서 최고의 명예를 갖춰 당신을 모시라고 명하신 걸 생각하세요."
"최대의 명예를 갖춰."
"아주 오랫동안 왕궁에서 그 누구도 이렇게 대접한 적이 없습니다."

"왕."

"당신은 폐하가 다스리는 이 왕국의 영광입니다."

"유일하게."

"그리고 왕께서는 당신 요청에 '아니요'라고 대답해선 절대 안 된다고 명하셨습니다."

"그런 말씀을 그분께 왜 하셨습니까? 잘못하셨네요. 아무도 모르는데……."

"그러나 당신은 신중하시지요, 그렇지 않습니까?"

"오! 그렇고말고요, 지극히 신중합니다."

"그분은 원하시는 대로 하실 겁니다."

"이 순간부터 우리는 자상한 당신께 의지하려 합니다."

"어떻게 하면 당신 관심을 얻을 수 있을까요?"

"우리가 귀찮으시면 말씀하십시오. '그걸로 족합니다'라고요. 우리는 당신께 복종할 준비가 되어 있습니다. 그렇지 않소, 여러분?"

"맞습니다!"

"그렇지요!"

"당연하죠!"

"그렇고말고요!"

"그래요, 맞아요!"

"당신께 헌신하고자 하는 우리 마음을 어떻게 증명할 수 있을까요?"

"우리는 이제 당신을 속속들이 압니다. 당신도 우리에 대해 어느 정도는 아셔야 합니다."

"페렐라 씨께서 우리나라의 새로운 법전을 편찬하신다고 하던데, 사실입니까?"

"그렇습니다. 엊저녁에 못 들으셨습니까?"

"다들 그런 얘기는 없었고, 장관과 토를린다오 왕께서 조력자로 나선다는 얘기는 있었습니다."

"아니에요. 페렐라 씨가 편찬하신다, 편찬하시고, 편찬하신다는 얘기만 있었습니다."

"훌륭합니다. 그분이 편찬하시고 편찬하시니, 제가 할 일이 뭐가 있겠습니까?"

"그분이 편찬하시지 않겠다고 하시는데, 그분이 하십니다."

"여러분. 이건 시답잖은 문제입니다. 그분이 편찬하실지는 두고 보면 알겠지요. 그만합시다. 현재 우리 법전은, 페렐라 씨, 근본적인 변화가 필요합니다. 구 법전에는 여성에 관한 조항이 거의 없어요. 엉터리예요. 여성은 훨씬 더 여러 분야에 참여해야 합니다. 그래야 해요. 세상이 그렇게 변하고 있기 때문입니다. 남성 여러분은 거의 아무것도 모르고 있어요."

"아무것도 몰라요."

"다 잘 알고 있는 척하지요."

"차 한잔?"

"차."

"차."

"여기 있습니다."

"페렐라 씨."

"드시겠습니까?"

"어서요?"

"드릴까요?"

"마셔도 될까요?"

"어떻게 드시는지 보세요!"

"한 방울씩 음미하시는군요."

"얼마나 우아한지!"

"멋지십니다!"

"나도 그렇지 않은가요?"

"'나도' 라고요?"

"나는 전혀 그렇지 않단 말인가요?"

"난 이제 이 잔으로 마실 겁니다."

"왜 당신은 뒤에 물러나 있었지요?"

"페렐라 씨가 차를 마시지 않네요!"

"뭘 하신 거죠?"

"느껴봐요, 얼마나 쓴지 느껴보라고! 설탕도 없이 주면 어떻게 합니까!"

"못됐군요!"

"무례하고 완고하군요!"

"심술궂군, 심술궂어, 심술궂어요!"

"마음에 드세요?"

"정말로요?"

"아!"

"차 좀 더 드세요!"

"그런데 당신은 다른 사람들과 똑같은 사람인가요?"

"오! 다른 사람들보다 위대하지요."

"나는 내가 연기 인간을 진지하게 여길 거라고는 생각지도 못했어요."

"차를 드린다는 것도요."

"그분이 마신다는 것도요!"

"어제 사람들이 도시에서 당신을 봤다고 떠들었을 때, 난 믿고 싶지 않았어요."

"나는 그걸 끝까지 믿지 않았어요…… 그런데 지금은…… 당신이 여기 있으니……."

"나는 언제나 연기를 사랑했어요. 나는 한 번도 연기에 놀란 적이 없어요."

"나도 연기 앞에서는 언제나 황홀해졌어요. 아시잖아요. 시어머니댁에 머물 때 저택 창문으로 공장의 굴뚝을 봤어요. 연기가 날아가는 흔적을 좇으며 몇 시간씩 보냈지요. 어느 때는 연기가 굴뚝 어귀에서 숨을 쉬는 것처럼 나와요. 멀리멀리 있는 누군가에게 말을 하는 것처럼, 하! 파! 이하! 하며, 사방 어디에서도 다 들리게 힘을 다 짜내는 것처럼 말이에요. 또 어느 때는, 어린 소녀들이 길게 늘어서서 나오는 것이 아주 잘 보였지요. 아이들은 손에 손을 잡고 있었는데, 우리가 어렸을 때 신문지로 만든 인형을 기억하시는지……."

"페렐라의 신부들이로군요."

"도시에 연기 인간이 있다는 얘기를 들었을 때 난 전혀 당황하지 않고 이렇게 말했어요. 오! 하지만 난 시댁에서 벌써 수도 없이 봤거든요! 페렐라 씨, 제가 팔을 조금만 쓰다듬어봐도 되겠습니까? 느껴보세요, 여러분, 최고급 벨벳보다 더 부드러워서 정신이 몽롱해질 정도예요!"

"우!"

"진짜 벨벳이로군요."

"믿을 수가 없어요!"

"살이 떨릴 지경이에요!"

"맙소사!"

"어찌나 보드라운지!"

"느껴봐요, 느껴보라고요!"

"이리 와서 느껴봐요, 어서요."

"백조예요."

"부드러운 구름이에요."

"연기가 꼭 기관차가 뿜어내는 큼지막한 솜깃털 같아요."

"여기, 이쪽을 좀 느껴봐요, 여기 말이에요."

"아, 정말 대단하군요."

"불에 타기 전에, 페렐라 씨, 당신 옷은 최고 품질의 벨벳이었겠지요."

"오! 생생한 붉은색! 불처럼 환히 빛나는……."

"바보 같으니, 그만 좀 닥쳐요."

"이제는 안타깝게도 회색이 되고……."

"불운한 깃털."

"왜 불운하다는 겁니까?"

"당신은 왕가의 풍모를 지녔어요……."

"훌륭해요."

"게다가 친절하고……."

"오늘 밤 난 당신 생각에 잠도 못 잘 거예요. 페렐라 씨 말씀해주세요, 어서요, 당신도 잠을 이루지 못하시겠지요?"

"대답하지 마세요, 이 여자가 당신을 혼란스럽게 하려는 거라고요."

"이분이 잠을 못 잔다는 걸 모르는군요!"

"나도 이제는 잠을 못 잘 거예요."

"제발 좀 조용히 하세요. 우리의 친애하는 동료이신 디벨론다 후작부인께서는 다정다감하고 온화한 분입니다만, 성격은 무척이나 우울해서 그분 말씀을 경청하시다 보면 지나친 감상벽의 희생자가 될 겁니다."

"자, 이제 이야기를 하나 시작합시다."

"그러나 가벼운, 가벼운 이야기를…… 여러분이 괜찮으시다면."

"우리가 과연 당신을 기쁘게 해드릴 수 있을까요?"

"우리가 짜증 나게 하면 말씀하세요. 그만할 테니까요."

"필요한 게 있으신지요?"

"차를 좀 더 드릴까요?"

"샌드위치를 드릴까요?"

"퐁당*은 어떠세요?"

"어제 남자분들이 갖가지 화제로 당신을 굉장히 재미나게 해주셨는데, 우리는…… 부족한 우리 여인네들은 말씀드릴 만한 화제가 별로…….."

"그분 같은 분을 위해서라면."

"그게 무슨 의미예요?"

"뭐냐 하면…….."

"그만둬요, 바보 같으니, 그분을 알아요?"

"우리 모두는 그분 영혼의 깊은 곳에서 찾을 겁니다. 그것, 아주 가벼운 그것 말이에요. 그리고 혹시 당신이 이 애깃거리를 알고 있다면, 부디 용서하세요. 입을 다물겠습니다. 남자분들은 돈도 있고 노련하기도 하니까 자기들을 이상화하는 능력이 있어요. 우리 여자들의 미모만으로는 뭐 대단한 특권을 누릴 수 없지요.

정치 얘기로는 우리가 그분의 망망대해에 물 한 방울 더하지 못해요. 종교 얘기도 번지르르 겉돌 뿐이고요."

"우린 당신을 찬미할 능력도 안 되네요."

"과학은 우리 여자를 배척하지요…… 예술은…… 노래라면 모를까…….

남자분들은 우리한테 사랑 찌꺼기로 귀중품과 수확물**을 나눠줄 뿐이지요. 우리를 시간 때우기로 취급해요.

초에가 먼저 말할 겁니다. 그녀는 무슨 일이든 우선권이 있어요. 페렐라 씨, 당신도 보시듯이, 압도적이지 않습니까? 다들 우리 왕국에서 가장 아름다운 여인이라 생각합니

---

* 설탕과 물을 섞어 되직하게 만든 시럽. 당과糖菓에 쓰인다.
** 아이를 낳는 것을 뜻한다.

다. 초에여, 앞으로 나오세요. 이야기를 시작해보세요."

초에 볼로 필초 공작부인

"모든 남자가 그녀 쪽으로 머리를 돌렸습니다."
"그녀는 끊임없이 그 모두를 깔봤지요."
"웃음거리로 생각했고요."
"누구한테도 마음을 주지 않았습니다."
"그저 남편한테나 충직한 아내이고자 합니다."
"다섯인가 여섯 남자가 자살을 했다지요."
"다섯이나 여섯이요? 적어도 열둘은 될 거예요."
"일흔 살 먹은 남작도 자살하게 했으니 뭔 말이 더 필요하겠어요."
"백만장자인데."
"조카들*이 넘쳐나지."
"페렐라 씨, 그중 어떤 남자는요, 주님도 못 떼어놓는다니까요."
"그녀는 거룩한 성지로 향하는 순례자들보다 훨씬 더 많은 수확물을 기찻길에서 거뒀지요."
"어떤 젊은 변호사는 그냥 입 한 번 맞추고 자살한다고 약속했답니다. 그녀는 탐탁지 않아 했다는데, 그래도 변호사

---

* 미혼남의 사생아를 암시한다.

는…… 끝내 자살했지요."

"나의 친애하는 부인이여, 그때 당신은 너무나도 끔찍한 악의를 품고 있었어요."

"남자들을 꾀어 거미줄에 묶어놓고 애타게 만들지요."

"죽음도 불사하겠다는 그 어떤 남자도 우리가 입맞춤했다고 죽지는 않아요."

"당신은 완전히 낭만적인 몽상가로군요. 변호사는 입 맞추고 나서 자살하지 않았어요. 사실은 가장 아름다운 여인과의 입맞춤이나 가장 평범한 여인과의 입맞춤이나 별반 다를 게 없다고 세상에 떠들어댔습니다. 페렐라 씨, 생각해 보십시오. 여기 나의 모든 선한 여자 친구들은 세상 모든 남자에게 자신을 허락할 마음이 넘쳐나지만, 그렇다고 여자들이 남자의 전략을 연구하는 데 몰두하지는 않습니다. 그래서 여자들은 자존심이 상하고 환멸을 느끼며 진저리를 치고, 남자들의 변덕스러운 만행의 희생자가 되고 맙니다. 그 대신 남자들은 우리 망상의 희생자로 남게 되고요.

그들은 지극히 다양한 영역에서 활동하고 삶을 누리며 살아갑니다. 무엇이든 자유롭게 행동할 수 있지요. 그런데 남자들은 우리를 단 하나의 영역에만 가둬놓았어요. 바로 그겁니다. 자기들을 기다리게만 하는 거예요.

왜 자기들 문을 강요하려 들까요? 우리는 그들이 우리 문을 두드리러 올 때를 준비하고 있습니다. 우리는 이 목표를 위해 모든 일에 대단히 능수능란하게 대처합니다.

내게 오는 남자들이 정치, 의학, 무역, 문학, 과학의 전문

가라고 한들 그게 나랑 무슨 상관이 있나요? 나의 과학에는 완전히 비전문가들인데요. 준비라고는 하나도 안 돼 있으니까 당연히 나한테 압도될 거예요. 우리가 남자들을 유혹하는 시선, 몸짓, 행동으로 추파를 보내면, 그들이 이런 우리의 유혹을 상쇄하는 몸짓과 행동을 할 수 있는데, 그걸 모르더군요. 전혀 몰라요. 그들은 눈을 감고 그 유혹을 빨아들입니다. 우리를 빨아들여 주정뱅이처럼 삼키고 마셔버리고, 술에 술을 부르다가 결국 빈 잔처럼 내동댕이칩니다.

그들은 우리를 모조리 마셔버리고 게걸스레 삼키다가 한껏 만족을 느끼면 부풀어 폭발합니다. 자폭하고 마는 거지요.

마시고, 마시고 또 마시게 해서 알지도 못하는 사이에 그들을 고꾸라뜨리는 것이 우리의 능력입니다. 그들은 결국 취하는 것밖에는 아무것도 못 느껴요.

내 주변에서 그들이 거나하게 취해서 비틀거리는 꼴을 보면 흥분 돼요! 그들은 단조로운 우리 인생의 음울함을 기괴하게 비추고 있어요.

인자한 우리 할아버지 정원에서 하인들이 나한테 주려고 두꺼비를 찾아다니던 어린 시절 밤이 생각납니다. 난 휘발유나 석유를 콸콸 쏟아부었지요. 그리고 성냥을 그어 불을 붙이면 두꺼비들이 제멋대로 날뛰고 다녔어요. 그 불쌍한 짐승들 몸에 불이 붙어 이리저리 뛰어다니면 정원 전체에 그 불꽃들이 휘날리고…….

불이 피부에 닿으면 뛰어다니는 동작도 커졌지요. 난

웃었어요! …… 웃었다고요! …… 페렐라 씨…… 웃었다고요…….

인자하시던 우리 할아버지는 돌아가셨어요. 나는 그 정원에 더는 가지 않았어요. 그런데 수많은 용감한 청년들이 정원 밖에서, 나를 위해, 두꺼비의 장관을 연출하고 있었지요.

나를 잘 보세요, 페렐라 씨. 손가락 다섯 개를 이렇게 왼쪽 옆구리에 부드럽게 올려놨어요(우리는 무도회나 다과회에 있어요). 알지도 못하는 청년이 몇 분째 눈도 깜박이지 않고 뒤에서 쳐다보고 있다는 걸 알았어요. 그의 눈은 점점 커지고, 10분이나 15분 지나면 금세 한계를 넘어서겠지요. 나는 친구와 정신없이 얘기를 계속 나눕니다. 다섯 손가락을 허리에서 떼어 두 팔을 아주 낮은 의자의 등받이에 기댑니다. 그리고, 다리를 부드럽게 꼬고 앉습니다. 내 옷은 아마도…… 반질반질하고 매끈한 검은색인데, 움직일 때마다 내 몸을 꼭 끼게 휘감지요. 돌고래 가죽처럼 말입니다. 그러나 옷 이상으로 청년은 내 뒤를 따라다녔을 거예요. 잠깐 보시겠어요? 세상에서 가장 완벽하게 모자라는 사람의 기운이 느껴지죠. 갑자기 그 사람이 얼굴이 벌게지고 땀을 뻘뻘 흘리면서 이마에 손을 짚습니다. 난 몸을 벌떡 일으켜 목과 등으로 흘러내리는 것 같은 머리 타래를 두 손으로 모아 묶습니다. 이렇게…… 이렇게요. 청년은, 좀 보세요, 어쩔 줄 몰라 합니다. 나는 몸을 돌리고 그 사람을 향했던 눈의 초점을 순식간에 돌려버립니다. 그리고 방 끝으로 가서 기대어 섭니다. 거기에 틀림없이 있을 내 사랑하는 그녀를 향해 입술을 잘방대며 파동을 만들어 미소를 보냅니다.* 페렐라 씨, 그 남자는 내게 접근해서 집을 봉쇄하고, 마침내 자기소개에 성공해, 초대권과 꽃으로 나를 숨 막히게 하다가 부들부들 떨면서 미친 사랑을 공표하고, 그 흔해빠진 자살의 언저리까지 갔다가 결국 몬테카를로를 잠깐 여행하고 끝나게 되겠지요.** 나는 남편을 배신하지 않아요. 우리나라에서 내가 가장 아름다운 여자라는 것, 아마도 사실이겠지요? 그러니 남자분들이 저에게는 두 배, 세 배, 네 배 더 안달이 나서 포위하고, 그러다 괴로움을 당하는 겁니다. 한 남자에게 나를 허락하는 날, 나도 그저 다른 여자들이 그에게 주었던 것을 똑같이 줄 수 있을 뿐일 텐데, 그러면 그 남자는 매우 낙심하고 말 거예요. 그러고 나면 모든 사람의 입에서 예쁘거나 못생기거나 여자들은 똑같다는 말이 튀어나오겠지요. 이건 저로서는 정말 대단히 유감스러운 일일 겁니다. 그렇지 않겠습니까, 페렐라 씨?"

나디나 준키 델 바케토 공주

"고명하신 신사여, 나의 가엾은 친구들이여, 나는 내 삶의 그 어떤 얘기도, 여러분이 열심히 그러모은 그 어떤 얘기

---

* 동성애에서 애정의 표시

** 자살한다고 위협하다가, 기분 전환을 하러 휴양지로 떠난다는 뜻이다.

도 입에 올리지 않겠습니다. 그분의 존재라면 진절머리가 나고 여러분의 태도에 더더구나 기분이 나쁩니다."

"우!"

"당신은 그분과 우리 모두를 끔찍히 모욕하고 있어요!"

"왕의 명을 어기고 있고요!"

"왕에서부터 시민 개개인에 이르기까지 이분을 극진하게 환대하기로 결정했습니다."

"왕에서부터!"

"그러니 공주에겐 더 나쁩니다. 왕궁의 신임을 잃을 겁니다!"

"그렇고말고요."

"그런 식으로 말하는 사람은 당신뿐입니다. 우리 가운데 그 누구도 페렐라 씨에게 불신을 표하지 않습니다."

"그분은 새로운 법전을 제정해야만 합니다!"

"공주는 이를 지지하세요!"

"어리석은 자들! 둔감한 자들이여! 그 작자가 연기로 되어 있다고 뻔뻔스러운 주장을 하는데, 그게 사실인가요?"

"당연하지요."

"그렇습니다."

"그분을 쓰다듬어봤나요?"

"연기로 된 걸 말입니까? 그보다 더 메스껍고 짜증 나고 불쾌한 무언가를 상상할 수 있나요? 연기라고요!"

"하지만 정말 근사해요!"

"그가 끝내는 우리 옷을 가장 야비하게 더럽히리라는 사실을 모르세요? 우리 콧구멍, 우리 눈으로 들어와서 아주 잔인하게 괴롭힐 거라는 사실을?"

"조용히 하세요!"

"멍청하군요!"

"페렐라 씨는 그런 일과 아무 관계없는 사람이에요."

"오! 그는 아주 훌륭한 교육, 내 생각보다 훨씬 더 근사한 교육을 받았어요."

"지금까지 상상했던 것보다 더 고상한 분이에요."

"그 뛰어난 기질에 스며든 멜랑콜리!"

"한 가지만 말할게요. 질문도 하지 마시고요. 그 얼빠진 믿음만 계속 간직하세요. 그러나 그렇게 세련된 신사가 여러분의 웃기는 이야기에 웃음을 터뜨리고야 말 겁니다. 나도 그럴 거고요. 잊지 마세요."

"꼴사납네!"

"왕의 귀에 들어가도록 합시다."

"그대는 궁에서 쫓겨날 거요."

"발도 들여놓지 못하게 될 거요."

"페렐라 씨, 당신이 우리를 보며 웃게 될 거라고요?"

"그렇지 않지요?"

"어떻게 그럴 수가 있겠어요."

"페렐라 씨, 용서를 바랍니다. 하찮은 일입니다. 저 불쌍한 여자는 자기가 무슨 말을 하는지도 모르고 있어요. 용서하시기를 바랍니다."

"용서는 곧 그분의 기쁨이지요."

"페렐라 씨는 베풂이 지닌 독특한 숭고함을 위해 만들어지신 거 아닌가요?"

"내 사랑하는 벨론다, 날이 갈수록 당신의 멜랑콜리를 참아내기 힘들군요. 대체 무슨 일입니까? 분명 고통스러워하고 있잖아요. 페렐라 씨, 신경 쓰지 마세요. 그녀는 성향이 아주 음침해서 우리도 음침하게 만들고 끔찍한 하루하루를 보내게 만든답니다. 조콘다 부인! 뭔가 말하고 싶으신가요?"

마리아 조콘다 디 카르텔라 부인

"존경하는 친구여, 이 자리에 부인들이 많이 계시지만 나는 입을 다물고 있어야 마땅합니다. 나의 인생은 독거와 체념뿐이었습니다. 여러분이 보시듯이, 나는 이제 젊지 않습니다. 25년 전에 디 카르텔라 씨에게 시집을 갔습니다만 그 사람은 나의 처녀성을 정복하지 못했어요. 그때도 못 했고 그때 이후로도 못 했습니다. 나는 내가 교육받던 수녀원의 원장 수녀님이 어느 날 어머니 가슴에 넘겨주던 그때의 처녀 그대로랍니다.

젊고 순수하고 열정적이었다가 상처를 입고 환상에서 깨어난 나는 원기 왕성한 젊음을 누리고 싶은 본능적인 위안, 법적 결혼만으로는 거부당했던 그 위안을 다른 곳에서 찾아 복수를 마음에 새길 수 있는 나이가 되었습니다.

그러다…… 잊어버리고 싶었어요. 내가 지닌 힘을 모조리 사용해서 나 자신을 향한 작은 싸움에서 이기고 싶었어요. 그리고 이겼습니다.

내 사랑을 받지 못한 선한 동료에게 나는 최대한 충직하고 애정 어린 자매의 마음을 쏟아부었습니다."

"전무후무하게 너그러웠다고요."

"정말 간단한 일이었을지도 모르죠!"

"부족함을 메워줄 사람을 찾기 위해서 말이죠."

"필요하다면…… 변화를 주기 위해서였지요."

"나의 선한 친구들이여, 그대들은 내 어머니가 디 카르텔라 씨에게 줄 혼수를 장만하기 위해 상당한 빚을 진 사실을 알지요. 어머니는 디 카르텔라 씨에게서 돈을 뽑아내기 위해 쓰디쓴 비난을 다져 넣은 편지를 매달 계속 부쳤습니다.

나는 여성을 위한 일에 몰두했고, 여러 자선 단체의 대표가 되었으며, 여성 해방을 위한 조직을 창설했습니다. 일과 관심으로 가득 찬 나날이 이어졌습니다. 그래서 삶은 결코 불행하지 않았습니다. 그러나 페렐라 씨, 나를 무척이나 괴롭히는, 나를 무척이나 불안하게 하는 것이 하나 있습니다. 디 카르텔라 씨가 일정 기간마다 한 번…… 그러니까 일정한 간격으로…… 계절의 변화에 따라서…… 두 달에 한 번 정도…… 그러니까…… 자꾸자꾸 그 힘든 시도를 해보려고 노력한다는 느낌이…… 벌써 25년이에요. 무슨 일이 일어날지 난 극히 세세한 부분까지 다 압니다. 그러나 그 사람 비위를 맞춰야 해요. 그 사람은 믿는 바가…… 그는 다시 스스로를 속이고…… 새로운 자극을 찾거나 새로운 방법을 실험하려 하고…… 마침내 제대로 길을 찾았다 생각하면서…… 또다시 자신을 속이고…… 힘들어하고…… 오! 페렐라 씨, 얼마나 고통스러운지요, 얼마나!"

카르멘 일라리오 덴차 백작부인

"페렐라 씨, 나는 매우 조숙한 사춘기를 보냈어요. 열두 살 이후로는 눈에 띄게 남성적인 풍모를 보였지요. 외모는 전체적으로 남성의 특징을 갖추고 있었답니다. 친한 친구들을 감싸고 있는 저 은총이 내게는 거의 없습니다.

수녀원을 떠나서 사회로 돌아온 열다섯 살에 이미 내 안에서는 남성에 친숙한 느낌이 들었습니다. 애써 의식하지는 않았지만, 나를 남자로 느끼고자 하는 끔찍한 충동과 욕구를 참기 어려웠습니다. 운명은 언제나 나를 위협했습니다. 이런 끔찍한 욕구가 내 안에서 자라났지만, 그렇다고 나를 바라보며 접근하는 남자를 찾지도 못한 상태였습니다.

고통을 끝낼 만한 어떤 기약도, 어떤 희망의 조짐도 전혀 보이지 않았습니다.

내 안의 악을 누를 수가 없었고, 고통스럽고 또 고통스러웠으며, 밤이면 바닥에 뒹굴며 몸부림쳤고, 충동을 누르고 발작을 억누르며 반항적인 육신을 징계하고 나를 가혹하게 대했지만, 아무런 소용이 없었습니다. 아무런, 아무런.

얼굴은 흥분하여 기괴하게 벌건 색을 띠곤 했고, 여기저기서 언제나 비난이 쏟아져 나오곤 했습니다. 그래서 남자들은 나에게 별반 관심을 기울이지 않았지요. 순수하고 순결한 나를 유지하고 싶었지만, 혈관은 피를 얌전히 담고 있을 수 없었고, 내부에서 활활 타오른 불에 뜨겁게 녹아내린 납이 혈관을 돌아다니는 느낌이 들었으며, 내 몸은 영원한 불행의 거대한 웅덩이 속에서 기괴하게 터져 나오려 하는 다이너마이트로 변하는 것 같은 기분이 들었습니다.

나를 보고 사랑에 빠졌을 법한 남자가 살고 있는 그 거리로 아마도 백 번도 더 지나다녔을 겁니다. 어쩌면 5분 전이나 5분 후에 지나갔어야 했는지도 모릅니다. 아마도 우리는 맞은편이 아니라 같은 방향으로 나아가느라 만날 수 없었을지도 모르지요.

그즈음 가까운 가족 서너 명이 세상을 떠나는 바람에 나는 머리끝에서 발끝까지 검은 상복을 입었는데, 처녀라기보다는 몸집 큰 과부처럼 보였습니다.

그때 벌써 스물다섯 살이었지만, 어떤 남자도 나한테 접근한 적이 없었으니, 어쩌면 그 어떤 남자라도 받아들일 상태였던 것 같습니다.

감수성은 지극히 예민해서 남성의 얼얼한 향내를 마치 짐승처럼 멀리서도 감지하곤 했고, 한때는 내 방에서 환각에 사로잡히기만 했던 야생의 향기를 따라 길거리를 마구 헤집고 다녔습니다. 지독한 고통에 미쳐가고 있었습니다.

어느 날 밤, 나는 창문을 타고 내려가 정원 발코니를 통해 도망쳤습니다. 누구든 처음 마주치는 남자랑 눕기로 결심했지요. 황량한 길로 나서서 수많은 남자가 곤히 자고 있는 막사 근처로 갔습니다. 소리를 쳐서 그들 모두를 깨울 심산이었습니다. 그러면 적어도 하나는 내 가슴에 안겨 잠이 깨고 행복해하지 않았을까요. 또 다른 한편으로는 아무 생각도 들지 않았고, 영원히 나 자신을 잃은 것만 같았습니다. 그러다가 다시 정신을 차리고 나니, 혹시 부모님이 어딘가에서 나를 찾아내시지나 않을까, 하는 두려움에 사로잡혔습니다. 집으로 달려가며 생각했습니다. 다음 날에는 누군가를 찾을 수 있으리라, 하인 하나를 내 방으로 올라오게 할 거라고 말입니다. 그러나 그런 식으로 그 시간에 그곳에서 발견되는 것은 참을 수 없는 수치였을 겁니다. 정원으로 난 창문을 통해 방으로 돌아갔습니다.

며칠 후에 백작 일라리오 덴차가 보낸 친구 하나가 아버지를 찾아왔습니다.

그때까지 한 번도 만난 적 없던 우리는 몇 주 만에 결혼식을 올렸습니다.

결혼식 이전의 며칠 동안 어떤 묘한 평정심이 내 정신 속에서, 핏속을 흐르는 냉기처럼, 싹을 틔우는 것을 눈여겨보았습니다. 향내도 좋고 기운도 북돋아주는 주사를 맞은 것 같았어요.

일라리오 덴차 백작은 보통의 건강하고 건장한 사내가 다 그러듯 나에게 굉장한 폭력을 휘둘렀습니다. 요컨대 그 사람을 비난하려는 것은 아니지만, 나는…… 나는 고통스러웠고, 괴로움과 눈물을 속으로 삼키며 수동적인 나날을 보내야 했으며, 그가 마음대로 하게 내버려 둬야 했습니다. 이미 광기의 발톱이 머릿속을 꿰뚫어 발기발기 찢는 느낌, 가루처럼 잘게 부수는 느낌, 일체의 결속과 생명의 통일성을 제거하는 느낌이 들었습니다.

나는 새벽에 어머니 집으로 도망쳐서 백작이 또다시 그렇게 제멋대로 한다면 바로 죽어버릴 거라고 말했습니다.

이혼은 그날로 결정되었습니다. 짐승 같은 잔혹한 10년의 기다림. 정신 깊숙이 파묻힌, 잊히지 않는 기나긴 번민. 그 모든 것은 육신의 상처가 안겨준, 구역질 나는 모든 감각과 고통의 울부짖음 속에 갇히고 말았습니다."

클로에 피차르디니 바 백작부인

"친애하는 페렐라 씨. 훌륭한 내 친구들 이야기에 놀라지 않으셨다면, 바로 들으실 나의 이야기에는 놀라실 겁니다.

솔직하게 말씀해보세요. 약간은 과장이라고 생각하시나요?

당연합니다. 살다 보면 늘 필요하지요. 그게 매력적일 만큼 신비하다고는 하지 않을게요. 나로서는 아침이나 점심 식사, 딱 그 정도예요. 나는 식욕이 대단히 왕성해서 하루에 네 번을 먹고 또 남은 음식도…… 무슨 말인지 아시겠지요? 뭐든 안 먹고 하루를 보낸다는 건 생각도 할 수 없어요. 생각조차…… 무슨 말인지 아시겠죠? 내가 거절해서 남자가 떠나는 일은 없었어요. 남자들은 내 마음에 들게 매우 자연스럽게 행동할 줄 알지만, 절대 내 취향이 아님을 유념해주세요.

그러니까 내 성격이 기본적으로 굉장히 상대적이라 보시면 됩니다.

나는 모든 사람에게 대체로 아무런 편견이 없어요. 어떤 사실이나 사건이 중요하다 아니다 생각하지 않는다고요.

내가 마구간 냄새를 역겨워하지 않고 오히려…… 식욕을 느낀다고 솔직하게 말씀드린다면…… 여물과 짚, 건초, 흙, 분뇨…… 이런 것에 힘들어하지도, 불편해하지도 않는다고 솔직하게 말씀드리면, 뭐라 생각하실까요.

나는 어떤 특별한 기억이나 향수가 없어요. 어떤 즐거운 인상이 마음속에 남아 있다 해도 세련된 식자층이 아니라 하류층과 연관된, 인위적인 게 아니라 아주 자연스러운 그런 거예요. 기억 속 흔적들을 그런 식으로 내버려 두는 것…… 어떤 소박한 정원사 같은…… 이런 걸 흉금을 터놓고 말씀드리면 당신은 나를 뭐라 생각하실까요."

"페렐라 씨, 앞으로 나와주실 수 있을까요. 클로에는 지금까지 한 번도 누구를 거절해서 보낸 적이 없어요."

"이번에도 아니라고 하지 않으시겠지요, 그렇죠?"

"물론입니다. 그저 어떤 일은 보류하는 내 자세를 페렐라 씨에게 말하고 싶은 것입니다…… 어떤 일에 아주 제한된 믿음을 키운다고나 할까요. 지나친 솔직함을 용서하세요,

페렐라 씨. 하지만 연기…… 그게 꼭 필요한 것은 아니지만, 우리는 볼 수 있어요, 보게 되겠지요."

올리바 디 벨론다 후작부인

"당신은 당신이 사랑한 적 없는, 사랑할 수 없었던 여인 앞에 있습니다.

 당신은 우리 인간이 태어날 때 내부에 다른 사람의 심장도 지니고 있음을, 어린 소녀가 청년의 심장을 지니고, 청년이 어린 소녀의 심장을 지니고 있음을 압니다. 우리는 세상을 통과하면서 마치 굶주린 자가 빵 한 조각을 찾듯이 우리의 심장을 찾고 또 찾습니다. 그렇게 방랑하다가 제대로 된 소유자를 찾습니다. 그러면서 어느 순간 그와 만났다는 생각을 합니다. 우리는 세상 겉모습에 속아 넘어가고, 품었던 희망에 배신당합니다. 우리가 마침내 서로의 심장을 나란히 놓았을 때, 우리가 발견했던 건 우리 것이 아님을, 정확히 말해 다른 사람의 심장이라는 사실을 너무 늦게 깨닫게 됩니다.

 나는 나의 심장을 찾지 못했습니다. 하지만 더는 찾지 못할 그 사람의 심장을 아직도 쓸데없이 간직하고 있습니다. 나는 나의 심장을 갖고 있지 않은 사람에게 결속돼 있습니다. 또한 내가 갖고 있지 않았던 그의 심장을 그에게 줄 수가 없었습니다. 나는 그를 찾으러 애태우며 돌아다녔습니다. 어디에 있을까요? 아마도 죽었을까요? 사람들이 어디에 그를 숨겼을까요? 그는 나의 불쌍한 심장을 어디에 두었을까요? 나는 불쌍한 내 심장 없이 어떻게 살 수 있을까요? 이제 마음을 붙일 곳이 없습니다. 이미 사랑의 무거운 짐을 지고 이 집 저 집으로 방랑하고 있습니다. 그도 나처럼 고통스럽게 헤매고 있겠지요.

그는 어디서 찾나요? 나는 어디서 찾나요? 우리는 왜 만날 수 없는 거죠? 누가 내 심장을 갖고 있나요? 누가 내 심장을 훔쳐갔나요? 내 심장을 간직하고 있는 당신을 언제 만날 수 있는 건가요?"

"불쌍하다!"

"불행하다!"

"버림받았어!"

"저 가련한 사람이 당신을 만날 수 있기를 기원합니다."

"친애하는 당신은 기꺼이 시간을 내서 헛된 공상이나 들어줄 사람이 필요하군요."

"페렐라 씨, 못 들은 척하세요. 건강하고 다부진 그 여자 남편은 남자로서 흠잡을 데가 없어요."

"못된 여자 같으니라고! 몸 건강한 내 남편은 음란한 만행만 일삼았어요. 내가 그래서 얼마나 절망적으로 고통을 받았다고요."

"당신 남편이 비실비실하고 무능했더라면, 정력 넘치는 남편 바라면서 푸념깨나 했을걸요."

"무식하군요! 여기서 누가 진짜 사랑해본 적 있어요?"

"그만합시다. 그만해요."

"올리바가 어디서 쓰러지게 될지 누가 알아?"

"그 여자 심장이 늘 대롱대롱 매달려 있는, 정말 웃긴 로맨스로군."

"페렐라 씨가 짜증이 나셨나 본데요."

"다른 얘기를 하세요."

"다른 얘기를."

"돈나 자코미나!"

"그래요! 그래요!"

"돈나 자코미나!"

자코미나 바르베로 디 리오보 부인

"이제 참벨라* 우화 얘기를 합시다!"

"샤를미니**의 한창때 얘기도!"

"샤를미니 대제! 페렐라 씨, 이걸 들으면 웃다 죽을 겁니다."

"당신한테는 새롭고 우리한테는 지겨운 얘기죠."

"입 다물어요. 샤를미니는 역겨워요. 그 사람 생각만 하면 꼭 메스꺼운 느낌이 든다고요."

---

  * 도넛 모양의 과자

  ** 샤를마뉴 대제 Charlemagne의 '마뉴magne(위대한)' 대신에 반대 의미인 '미니mini(작은)'를 붙인 꼴이다.

"돈나 자코미나의 목소리에는 인생의 경륜이 담겨 있어요."

"올리바보다 훨씬 낫지요. 돈나 자코미나가 말하는 샤를미니 이야기는 누가 뭐래도 굉장히 감동적이지요."

"여러 말 할 거 없어요. 자, 얘기를 들어봅시다."

"조용히 합시다!"

"파티시에는 굉장히 신속하게 반죽을 해서 참벨라를 하나하나 포개놓습니다. 서로 달라붙지 않게 사이사이에 판을 놓아야 하지요. 그렇게 참벨라를 화덕에 넣을 준비를 합니다. 겉으로는 똑같아 보여도 어떻게 나올지는 전혀 모릅니다.

굽는 기술, 반죽의 두께, 누룩의 효과. 이런 여러 요인 때문에 같은 화덕에서 나와도 똑같은 참벨라는 하나도 없습니다. 어떤 참벨라의 가운뎃구멍은 크고 둥글고, 어떤 것은 타원형이고, 어떤 것은 길게 늘어지거나, 어떤 것은 심지어 구멍도 없는 막힌 게 나올 수도 있어요. 그런 참벨라의 구멍은 아주 작아서 알아볼 수 없을 정도일 겁니다. 들고 빛에 비춰보면 간신히 보일 정도지요. 단 한 줄기 빛만 통과할 수 있습니다.

모두가 자연을 완전하다고 칭송합니다. 페렐라 씨. 참벨라를 만드는 일만큼 신중한 것도 없어요. 인간이 서로 엇비슷하게 만들어진 것 같아도 틀림없이 지극히 기묘하게 다른 형태도 당연히 있습니다. 그러니까, 그런 참벨라는 오직 한 가지의 빛을 통과시킨다는 건데…… 내가 바로 그렇습니다.'"

"정말 근사하지 않아요?"

"이 이야기를 들을 때마다 너무 웃겨요."

"난 샤를미니 사건이 참을 수가 없어요."

"그럼 이제, 샤를미니를 어떻게 만났는지 말씀 좀 해보세요."

"페렐라 씨, 저는 당신께 고상한 학문의 언어로 말하고 있어요. 결혼식 다음 날 아침에 내 결혼은 법적으로 무효가 됐어요. 나는 모든 사람 입에 오르내렸고, 한동안 고향을 떠나 있어야 했지요.

어머니는 주의를 다른 곳으로 돌리려고 나를 여행에 데리고갔어요.

때론 누군가를 만났어요. 매력 넘치는 청춘이니까 뭔가 새로운 시도를 해볼까 싶은 사람을 만났어요. 희망에 부풀기도 하고 의심으로 떨기도 하면서 그에게 접근했어요. 아아! 당신은 나보다 더 잘 아시죠, 페렐라 씨. 이런 종류의 일을 헤집고 다니노라면 으레 정반대의 상황에 맞닥뜨리게 된다는 것을.

나는 어머니와 유럽과 아시아 여러 지역을 들렀어요. 인도와 일본에도 갔지요. 대양을 횡단할 준비를 하고 있었고, 그렇게 세상 전체에 나의 불행을 신고 다니려 했지요. 그 막대한 재산의 일부를 사용하면서 말이에요. 재산을 만끽하

* '한 가지의 빛'이란 세상에서 유일한 형태와 세기를 지닌 존재를 의미해 참벨라도 세상에서 유일한 것이 된다. 돈나 자코미나는 그 유일한 존재가 바로 자신이라고 말하고 있다.

는 가장 좋은 방법 아니겠어요.

우리는 여름 더위를 피해 그림같이 아름다운 마을에 머물렀어요. 그때 어머니는 한 세탁부가 샤를미니에 관해 말하는 것을 들었지요. 어머니는 그 이름에 담긴 의미를 바로 깨달았지만, 그저 호기심에 이끌려서 이야기의 주인공이 누구이며 왜 그런 이름으로 불리는지 물었어요. 여자가 머뭇거리며 바로 대답을 하지 않자 어머니는 더 호기심이 나서 질문을 더 퍼부었답니다. 그 사람은요…… 그러니까 마님, 그게…… 그것이, 마님. 여자는 미소는 짓지만 당황하여 붉어진 얼굴로 말했어요. 그것이…… 너덧 살 어린애 새끼 손가락만 하답니다.*

전혀 뜻밖의 대답을 들은 어머니는 탄성을 질렀고 거의 정신을 잃을 지경이 되었지요. 그런데 여자는 얘기를 이어 갔어요. 마을의 모든 여자가 그를 조롱했어요. 처음에는 자기에게 어떤 불행이 닥쳐왔는지 이해하지 못했지요……. 이제는 다들 알고 비웃으니까 수도원에 처박혀야 할 지경인 거예요. 아냐! 아냐! 아냐! 어머니는 참지 못하고 앞뒤 사방으로 뛰어다니며 부르짖었어요. 샤를미니를 내 앞으로 데려와!

어머니는 내가 모르는 사이에, 또 샤를미니도 모르는 사이에, 모든 준비를 마쳤어요. 어느 날 아침, 어머니는 나를

---

* '샤를미니'에서 '미니'의 원어 'mignolo'는 새끼손가락을 뜻한다.

자그마한 숲으로 데려가서 잠깐 기다리라 하시더니 혼자 내버려 뒀어요.

그런데 숲의 초입에서 보면 안쪽 깊숙한 곳에서 대단히 아름답고 거대한 나뭇가지 두 개가 무대 커튼처럼 갑자기 열리는 겁니다. 그 사이로 키가 크고 몸집이 다부진 금발의 청년이 나타났어요. 매우 아름다운 얼굴에는 어린애의 홍조가 아직 남아 있었고 수염은 전혀 없었지요. 스물둘이나 스물셋쯤 돼 보였고, 마을의 소상인이나 수공업자의 아들인 듯했어요.

그가 앞으로 나섰어요. 무척 당황하여 떨리는 모습인데도, 아름다운 모습과 의젓한 분위기는 유지했지요. 내 곁으로 다가오더니 가느다란 목소리로 물었어요.

'아가씨, 어머니가 여기로 돌아오실까요?'

'어머니는 금방 오실 거예요. 뭐 필요한 게 있으면 기다리셔도 돼요.'

그는 여전히 당황한 모습이었지만 내 곁으로 와서 흙바닥에 앉았어요.

얼마나 근사하던지! 그렇게 풀밭에서 다리를 쭉 펴고 앉은 그 사람은 강한 남자, 거의 영웅과도 같은 풍모였어요. 그런데도 완전히 어린애처럼 보이긴 했지만요. 나도 금방 당황스러운 느낌이 들기 시작했어요. 무얼 물어보는지도 모르면서 이렇게 물었어요.

'이름이 뭐예요?'

'샤를······.'

그리고 우리는 침묵에 잠겼지요.

그의 하늘색 두 눈은 진한 청색 구름으로 덮여 있었어요. 나는 완전히 혼란스러워졌고 그도 너무나 혼란스러워했지요.

그렇게 한 남자 곁에서 얼마나 떨었던가 몰라요! 나는 미친 듯이 원했고, 또다시 시도했다가 한순간 웃음으로, 가장 우스꽝스러운 모험으로, 가장 잔인한 낙담으로 끝나버렸지요.

샤를은 내 곁에서 떨고 있었고, 나도 떨고 있었고, 우리는 서로를 가슴 속에 끌어안으려 했는데 뭔가 우리를 가로막았어요. 무엇이?

우리 둘 다 그때는 무엇이 서로를 제지했는지 몰랐어요. 둘 다 똑같은 불안감에 떨고 있었던 거예요. 서로가 품고 있던 끔찍한 의심을 어떻게 이겨냈을까요? 난 몰라요. 몇 분이 지나서, 뭔지 모를 나른한 시간이 지나고 난 뒤에 행복한 기분으로 깨어났어요. 그 기적을 믿을 수가 없었지요.

나는 남자를 알게 됐어요. 샤를은 여자를 발견했고요. 어머니는 이 기적을 세심하게 준비해주신 거였죠.

제일 먼저 든 생각은 조국으로 돌아가는 일이었어요. 하지만 내 사랑 샤를의 비천한 지위로는 사회와 왕궁에 발을 들일 수가 없었어요. 그는 시골의 작은 여관집 아들이었거든요. 처음에 아무도 뭘 몰랐을 때는 사랑하는 남편과 함께 정정당당하게 거리를 활보할 수 있었지요. 그러나 나와 관련된 추측성 이야기가 이리저리 난무했기 때문에 진실은 곧 드러났고, 피할 수도 없는 호사가들이 우쭐대며 나의 샤를미니를 도시로 데려가고 싶어 했지요.

그는 나의 저택이나 별장에서 사람들 시선을 멀리한 채 나랑 살고 있어요."

"다들 그 사람 외모가 출중하다고 합니다."

"다부지고요!"

"자코미나 부인이 지대한 관심을……."

"내가 장담하건대, 어디서 그만한 남자를 찾겠어?"

"4인분을 먹는다고 하던데!"

"이보세요, 페렐라 씨, 내 식욕이 왕성하기에 다행이지, 샤를미니에 관해 생각하는 것만으로도 평생 배가 아팠을 거예요."

"오! 위장이 정말로 튼튼하시군요!"

"자식이 없다는 게 안 됐어!"

"오! 샤를미니 가족이라니!"

"구멍 없는 참벨라라니!"

로사 라미노 리초 백작부인

"난 옷을 입고 태어났어요, 페렐라 씨. 수줍음이라는 이름의 불가사의한 병을 아세요? 그 말이 옷을 겹겹이 입고서도 당신 앞에서는 벌거벗고 서 있는 뭔가를 연상하게 하지 않나요?

내가 수녀원에 있었을 때, 몸이 몹시 부들부들 떨릴 정도의 폭력을 당했어요. 그 떨림은 뒤꿈치에서 시작해 목에 이르기까지 모든 뼛속을 감아 올라와서 어지러운 소용돌이를 이루며 나를 휘감았지요. 한 남자가 내 손목이나 목 언저리를 훔쳐보고 있다는 상상에서 나온 것 같았어요. 오! 어떻게 내가 그런 옷을 입고 태어났을까요! 수녀원에선 늘 수녀복을 입고 있었는데, 머릿수건을 눈까풀 바로 위까지 내리고, 입술 바로 아래까지 올려서 얼굴을 덮어야 했어요. 언제나 뺨만 드러내고 있었답니다.

수녀원에서 벗어나서 약혼자 리치오 대위의 품으로 돌아갔어요. 고작 열여덟이었지요. 내가 실제로 사랑하며 경험한 일은 도저히 어떤 식으로도 묘사할 수가 없어요. 약혼자는 내 기질을 이해해주었고, 한 번에 한 계단씩 오르게 해주었어요. 그러나 지나치게 수줍음이 많던 나는 항상 아찔한 기분에 사로잡혀 있었지요. 그는 날마다 행동으로, 말로, 시선으로 나의 수줍음을 없애주려 했고, 내가 한 걸음 앞으로 내디디면 다시 한 걸음 더 내딛도록 시도하곤 했지요.

우리가 결혼하고 나서도 그는 다른 남편들이 아내에게 결혼식 당일에 쟁취하는 것을 얻으려고 몇 개월을 시도하고 참아야 했습니다. 오직 습관만이 극도로 수줍음을 타는 내 과민한 감수성을 완화하고 가라앉힐 수 있었어요.

나는 적어도 수천 벌의 외투를 입고서 태어났어요. 그 가볍고 미세한 외투를 벗어던지며 삶을 살아가는 느낌이 들었지요.

결혼 생활 처음 몇 년 동안에는 벗어버려야 할 외투가 너무나도 많았어요. 점점 더 새롭고 점점 더 흥미로운 시간이 펼쳐졌습니다. 그러던 어느 날, 마지막 걸음이 익숙해졌을 때 나는 새로운 걸음을 내딛고 싶었어요. 그런데 남편은 전과는 달리 내게서 또 한 벌의 외투를 벗기지 못했어요. 나는 아까 말한 그 수천의 외투 가운데 적어도 500개를 여전히 짊어지고 있는 느낌이 들었어요. 남편은 있는 힘을 다했지만, 더는 밀어붙일 수가 없었지요. 남편은 어쩔 줄을 몰랐어요. 아니면 이제 아무것도 할 줄 몰랐거나. 그의 외투는 아마도 거기서 끝이 났고, 결국 벌거숭이가 되었지요. 나는, 나는 아직도 수많은 외투를 짊어진 느낌으로 살고 있어요!

가볍고 미세해서 처음에는 무감각했던 외투 때문에 내 고통이 달콤하게 느껴지기도 했지만, 이제는 무겁기만 하고, 오 질식할 거 같아요. 납으로 된 수백 개의 망토를 두른 것처럼 말이에요.

어느 날 우리는 커피를 마셨어요. 남편은 내게 늘 하던 대로, 그러나 이제는 시시해져서 감동도 없는 찬사를 늘어놨어요. 아무 의미 없는 손이 몸에 닿는 건 얼마나 피곤하고 얼마나 귀찮은지! 나는 남편이 내 손과 이마를 쓰다듬어도 그냥 가만히 있었어요. 그저 차갑고 무감각했어요. 그때 갑자기 퍼뜩 생각이 들었어요. 새로운 외투 한 벌, 아마도 더 많은 외투에서 벗어날 수 있다는 확고한 희망과 몸짓을 느낀 거예요! 나는 달려가 문을 잠갔고, 소파에 누워서 한 손으로 남편을 잡아당겼어요. 나는 옛날 좋았던 시절의 그 눈으로 돌아갔고, 그는 나를 이해하고 애무를 계속했어요. 아주 많이 아프지는 않았어요. 첫 번째 날과 비슷하거나 그 이상의 고통이었지요. 그날 이전까지 나는 남편에게서 받는 애무가 그렇게까지 느껴지리라고는 정말 몰랐어요. 문으로 달려갔지만 나갈 수가 없었던 당번병은 눈물이 그렁그렁한 채 방 한구석에 서서 미련한 사람마냥 끝까지 쳐다보고 또 쳐다보았어요. 나는 고통스러웠어요. 그 모든 끔찍한 떨림들이 고통스럽게 나를 흔들어 깨웠고 헤쳐놓았어요. 마치 허물을 벗는 뱀처럼, 한 벌의 새로운 외투에서 매번 벗어나는 것은 그렇게 고통스러웠어요. 그리고 나서 남편은 늘 당번병을 불렀고, 그 착하고 순한 친구는 처음에는 당황하다가 나중에는 괜찮아진 듯 답했지요. 그의 시선은 점점 더 악의로 가득 찼어요. 미소를 짓기 시작했고, 우리가 하는 짓을 방해하지 않고 부추기기 시작했어요. 나는 그를 쏘아보곤 했는데, 그의 시선에서 내가 절망적으로 필요로 했던 부끄러움을 떠올리곤 했어요. 나는 그 시선에서 벗어나지 못했지요.

선하고 순진한 그 청년도 한계에 다다랐어요. 그래서 나는 남아 있는 외투의 무게를 다시 새롭게 느끼기 시작했지요.

페렐라 씨, 내가 아직도 걸치고 있는 것이 그 많은 끔찍한 외투라고 느낍니다. 거기서 자유로워지는 길을 두려운 마음으로 떠올려봅니다. 그 옷의 무게는 매일 증가하고, 짓눌려 숨도 못 쉬는 느낌이 듭니다. 수줍음이라는 견딜 수 없는 옷에 깔려서 말이에요."

"부인, 이렇게 그대의 일그러진 외투 이론을 듣자니, 언젠가 아무것도 걸치지 않고 길 한가운데 서 있는 당신을 마주친다고 하더라도 전혀 당황하지 않을 것 같습니다."

"페렐라 씨한테 봐달라고 하면 어떨까요?"

젤라시아 델 프라토 솔리에스 남작부인

"같은 원인이 다른 결과를 낳을 수 있는지 살펴보기 위해 페렐라 씨, 보비의 눈에 관해 이야기해보고자 합니다.

나의 걸출한 가족은 부친과 조부의 경솔한 생각 탓에 비참한 나락으로 떨어졌습니다. 집안을 조금이나마 일으켜보려고 나는 솔리에스 남작과 결혼하기로 마음을 먹었습니다. 모두가 기뻐했습니다. 매우 부유하고 자유분방하기로 유명했던 60대 난봉꾼 남작은 모든 성인병을 골고루 갖춘 중풍 환자였습니다. 그때 나는 겨우, 겨우 열여덟 살이었습니다. 처음 얼마간 그런대로 견딜 만했던 남편은 잠깐 사이에 요양소인 알베로 옮겨가야 했고, 나는 그 큰 집에 갇혀 쓸쓸한 삶을 이어가야 했습니다.

너무나 권태로워서 모든 것을 체념하고 늙다리 남편이어서 죽어 재산의 반을 받을 날만 생각할 정도였습니다. 아직은 내 젊음의 아침을 누릴 수 있었던 때였지요.

남편의 병은 점점 더 심해져 밖에 나갈 수도 없게 되었고, 오래전부터 앓아왔지만 더 악화된 중풍 때문에 갈수록 더 많은 시간을 푹신한 안락의자에 갇혀 지냈습니다. 남편은 너무나 질투가 심해서 단 한순간도 나를 곁에서 떼어놓으려 하지 않았어요. 나는 남편의 관심을 딴 데로 돌리려고 책을 읽고…… 읽고…… 또 읽었어요. 어릴 때부터 함께해 이제는 떨어질 수 없는 나의 친구 애완견 보비는 내 발치에서 쉬곤 했지요. 점점 더 병이 깊어진 남편이 자기 재산의 공동 상속자인 조카—중위였습니다—를 보게 해달라고 부탁하더군요. 한걸음에 달려온 조카는 남편의 시들어가는 삶에 조금이나마 원기를 불어넣어볼까 싶어 기꺼이 대화를 나누곤 했습니다.

우리는 가족처럼 지냈습니다. 그는 갔다가 오고, 얼마 머물고 돌아갔다가 다시 돌아오고…… 이름은 실비오였어요. 스물여섯 된, 금발의 멋진 청년이었지요.

나는 읽고…… 읽고…… 또 읽었고, 노인은 자기 안락의자에서 졸고…… 졸고…… 또 졸았으며, 조카는 나를 바라보고…… 바라보고…… 또 바라보았어요. 보비는 내 치맛자락에 붙어 앉았고…… 붙어 앉았고…… 또 붙어 앉아 있었지요.

그리고 반드시 일어나야 했던 일만 일어났어요. 나는 감각을 잃고 완전히 마비된 상태였어요. 연민의 흐름, 사랑의 흐름, 정열의 흐름…….

그러나 어떻게 의심 많은 노인을 피할까요? 노인은 하나가 눈에 안 보이면 다른 하나는 곁에 꼭 있어야 한다고 했어요. 그래서 실비오가 없을 때 내가 항상 거기에 있어야만 했어요. 실비오가 떠나는 순간에도 현관까지만 배웅할 수 있고, 나는 언제나 이 지긋지긋한 반려자 옆에서 먹고 자야만 했어요. 남편은 언제나 끄덕끄덕 졸기만 했지 푹 자는 법은 없었어요. 나는 여자라면 대부분 몇 개쯤 가지고 있는 꾀를 하나 생각해냈어요. 남편의 불면 증상을 파악해서 의사와 상의했어요. 의사는 남편이 잠자리에 들기 전에 저녁마다 작은 알약을 따뜻한 물에 타서 먹이라 조언했고, 처방전을 써줬어요.

이 작고 무해한 알약을 내 다정한 남편에게 아주 잔뜩 타 먹였더니 남편은 심지어 대낮에도 세상에서 가장 달콤하고 축복받은 졸음을 즐기기 시작했지요.

그러면 나는 실비오와 정원과 공원, 숲을 산책하다가 때로는 아무도 우리를 볼 수 없는 울창한 곳까지 들어가 대화를 나누곤 했답니다.

부드럽고 파릇파릇한 녹색 카펫 위에서 나의 눈을 자꾸만 아래로 끌어내리는 두 눈, 그의 두 눈에 담긴 심연 이상의 무엇은 보이지 않았어요. 나의 눈은 망각의 아찔한 절벽으로, 저 아래 바닥으로, 측량할 수 없는 끝없는 바다로, 떨어졌고, 나의 입은 황금빛 실로 짠 구름 속에 잠겨 사라져 갔지요.*

오! 이 사랑의 싱싱함, 새로움은 늙은 중풍 환자에게 그

---

* 실비오와 깊은 관계로 들어가는 양상. '구름'은 실비오의 금

많은 시간을 헌신한 뒤에야 얻은 거였죠!

난 모르지만, 나의 모든 정령이 굴복하던 바로 그때, 난 모르지만, 곁눈질로 사물을 분간하는 힘을 잃어버리고 말았어요.* 보비, 한순간도 나를 포기하지 않았던 그 작은 보비는 내 뺨에서 몇 센티미터 떨어져 앉아 있었고, 그 둥글고 커다란 검은 눈으로 내 얼굴을 물끄러미, 애원하듯 바라보았어요…… 내 인생의 가장 뜨거운 순간, 내 속에 퍼붓는 차디찬 소나기 같았어요. 실비오는 낌새를 알아채고서 무슨 일이냐 물었지만, 나는 설명하고 싶지 않았어요. 자기를 거북해하는 내 느낌을 어떻게 설명해야 할지도 몰랐고 나도 알 수가 없었어요.

남편은 나와 실비오가 자기를 배반한 그날 이후 3년을 더 이승과 저승 경계에서 버텼어요. 남편이 죽고 난 이후로도 오랫동안 난 누구에게도 다가갈 수 없었어요. 기분이 좋을 때면 보비는 날 따라다녔지만, 제정신이 아닌 듯 멍한 상태를 조금이라도 깨부수지 않고서는 남편에게서 절대로 벗어날 수가 없었던 것 같아요.

남편이 죽고 나서 3년 뒤에 열아홉 살이었던 보비도 뒤따라 죽었어요. 내 젊음의 잊을 수 없는 동반자였지요.

이후 나는 다른 남자들을 알았지만…… 그 특별한 순간…… 아아아! 그가 거기 있어요. 보비, 보비, 나의 보비가

발 수염을 뜻한다.
　*　내면의 정령들이 작용하여 감각 기능이 현저히 저하되고 대상을 분간하지 못하는 상태는 실비오를 향한 관심을 저하시킨다.

거기 있어요. 내 뺨에서 몇 센티미터 옆에, 검고 큰 눈을 둥그렇게 뜨고서 꼼짝도 하지 않으며."

"젤라시아 부인. 당신은 보비가 살아 돌아오기만 한다면 이 세상의 모든 연인과 바꾸고도 남겠군요."

"아! …… 그럴지도……."

비안카 델피노 비코 델레 카테네 공주

"내 친구들 이야기를 잘 들으셨다면, 페렐라 씨, 사랑이 어째서 인생의 본질적인 문제인지 똑똑히 이해하셨겠지요.

나는 사랑이 무엇인지 전혀 성찰할 수도 없었고, 뭐 하나 특별하게 기억할 만한 것도 없었습니다.

나에게 사랑이 인생의 본질이라는 사실은 언제나 죽음의 문제였어요.

사람은 죽음이라는 단 한순간에 도달하면 그만이라는 사실을 알게 된 뒤로는 자연스럽게 죽음 속에서 살았기 때문에 기억이 나지 않았어요.

차가운 꽃잎이 생명의 얼음을 지니고 화려하게 피어나는 듯한 죽음.

내가 한 사람 곁에서 세상에 다시 태어나 감각이 다시 작동하기 시작했을 때, 콧수염을 잔잔하게 기른 나의 반려자는 이미 담배 한 대를 피운 뒤에 두 번째 담배에 불을 붙이며 조용히 신문을 읽고 있었어요. 무덤 언저리에 아직 온전히, 꼼짝도 하지 못한 채 붙들려 창백한 나는 사분의 삼은 족히 죽어 있었지만, 평온하고 부드러우며 만족스럽고 건강한 혈색이 흐르는 그의 얼굴을 어렴풋이 볼 수 있었어요.

무슨 일이 일어났던 걸까요? 나는 얼마 동안 묻혀 있었던 걸까요?

누군가 조금씩 파내고 있기는 해도, 사실 나는 죽은 상태였고, 이미 낮아진 체온을 느끼고 있었어요. 모든 핏줄과 뼛속으로 천천히 파고드는 전율, 근육이 딱딱해지고 피부가 극도의 경련으로 수축하는 느낌이 들었습니다. 나는 무無로 들어가고 있었지요.

남자들은 나의 특별한, 아니 나의 성스럽기까지 한 감수성을 향해 낡은 권태 또는 냉소 섞인 경멸의 눈길을 보냈고, 그 권태와 경멸 때문에 나는 너무도 상심하여 도시 근교의 저택에서 명상의 고독 속에 침잠하기로 마음먹었습니다. 그리고 지금도 거기에 살고 있지요.

그렇게도 천박한 짐승들을 곁에 두고 나는 어떻게 참았을까요?

나는 거기서 혼자 살았고, 아주 가끔 친구들을 만났으며, 내 사랑하는 엄마가 묻혀 있는 근처의 묘지를 자주 방문하곤 했습니다.

죽은 자들 사이를 돌아다니면서 그들 인생에서 최고의 순간을 종종 생각하곤 했어요.

그들처럼 나도 얼마나 많이 죽었던가!

차이는 대체 무엇인가?

그들은 아직 부활하지 않았다는 것.

저녁이면 내 저택 근처의 길을 따라 산보를 하곤 했는데, 어느 날 저녁, 온화하고 우아한 모습에 귀족적인 걸음걸이, 우윳빛 뺨과 깊게 팬 새까만 눈, 검은 곱슬머리의 어떤 20대 남자가 지나가더군요. 노란색 꽃을 들고 있었지요. 관능적인 입에서는 철도 모르고 지레 시들어간 젊음이 엿보였고, 무절제한…… 그러나 분위기는 슬펐습니다. 입매와 그 아름다운 눈 속에 담긴 미소의 빛은 전혀 어리지 않았지요.

나는 그를 바라보았고 그는 나를 바라보았어요. 나는 누가 방금 파낸 아름다운 여인의 분위기를 두르고, 그 사람처럼 슬픔에 잠겨 산책하고 있었던 겁니다…….

그다음 날 저녁, 같은 시간에 청년은 다시 모습을 보였고, 그보다 더 자주 모습을 보이다가, 나중에는 저녁마다 모습을 보였습니다.

그는 점점 더 핼쑥해졌고, 관능적인 입은 점점 더 초췌해져갔습니다.

우리는 마치 거울을 보듯 서로를 바라보았습니다. 어느 날 저녁 나는 늦은 시간에 나섰어요. 왜 그랬는지는 모르겠는데, 달이 떴고, 나가고 싶은 마음이 생겼고, 괴로움에 사로잡혀 있었지요…… 마음이 무거웠고…… 바람을 쐬고 싶었던 것 같았어요…….

문에 이르자마자 담벼락에 기대선 어떤 그림자 하나를 감지했어요. 그의 창백한 이마에 달빛이 내려앉아 환한 물이 들고 있었지요.

나는 꼼짝 않고 있었고, 그도 꼼짝도 하지 않았어요. 거울처럼 말이지요! 거울 속의 이미지가 다가왔고, 다가와서 그렇게 괴어 있는 수은 속으로 잠겨 들어가는 것 같았어요.* 차가운 액체가 내 입으로 흘러들고 있었고, 핏줄 전체로 급속히 주입되고 있었어요.

입술을 거울에서 떼고 눈을 뜨고 보니, 그는 여전히 눈을 감고 있었어요. 그러다 갑자기 눈을 떴는데, 그 순간 그의 두 눈이 검고 하얀 나비가 움직이는 것처럼 펄럭거리는 것이, 자기가 오랫동안 상념에 잠겨 있었음을 알고 소스라치게 놀라는 것 같았지요.

청년은 자기 어머니와 함께 내 저택에서 멀지 않은 저택으로 막 이사를 온 참이었고, 그날 이후로 우리는 매일 저녁 만났어요.

페렐라 씨, 마침내 나의 사랑을 발견한 거였어요!

그런데…… 아아…… 죽어가고 있던 청년, 나와 함께 죽을 줄 알았던 청년은 매일 저녁 더 창백해져서 내 앞에 나타났어요. 그의 눈은 그 깊숙하게 움푹 들어간 곳에서 자꾸만 새까매져갔고 커져갔으며 더 아름다워지고 있었지요.

어느 날 저녁 그가 말했어요. 저 아래로 갑시다…… 달이 있어요…….

나의 청년이 원하는 건 뭐든 들어주지 않았겠어요?

---

* 유리판 뒷면에 수은을 발라 거울을 만든다.

우리는 들을 가로질러 묘지 바로 아래에 다다랐어요. 그가 나를 낮은 담 위로 올려주었지요. 우리는 담을 넘어 죽은 자들 사이로 내려갔습니다. 그가 나를 무덤 사이로 자꾸 밀어 넣었어요. 십자가, 작은 문, 램프, 기둥, 그리고 죽은 자들 위에 놓인 꽃 사이로 지나가면서. 그러다 그가 한순간에 멈추더니 바닥에 길게 누웠어요. 나는 그를 따라갔지요. 그날 저녁 우리 둘은 인부들이 매장을 잊어버린 사망자들이었어요.

무수한 저녁마다 우리는 그곳으로 돌아갔고, 늦은 밤까지 서성거렸어요.

페렌라 씨, 하나의 삶이 지금 내 삶 속으로 쏟아져 내리는 느낌이 들었어요. 그 하나하나가 마지막이라는 생각에 전율하면서, 한 방울 한 방울 다 세어보았지요.

어느 날 저녁, 나의 청년은 더욱더 창백해졌고 더 차가워졌어요. 나도 더 죽어갔지요. 내가 되살아나기 시작했을 때, 그리고 열기가 나의 육신으로 돌아와 머물렀을 때, 나는 그가 움직이지 않는다는 사실을 느꼈어요.

그의 차가운 입은 내 입을 문지르는 사포처럼 느껴졌고 온도를 회복하기 시작했어요. 나는 꼼짝도 않고 지켜보았어요. 그는 늘 그렇게 했었지요. 이제 죽음이 그를 조금 더 붙잡고 있었어요. 더, 더는 아무것도 없었어요. 나는 그대로 기다렸어요. 내 육신은 활기와 열기를 다시 얻었지만, 그의 육신은 자꾸만 차가워졌어요. 나는 몸을 흔들었어요. 어쩌면 발작이었을까요? 그를 애무하고 더듬고 껴안았어요…… 아무 반응도 없었지요. 여전히 절박하게 갈망하며 기다렸고 또 기다렸지만…… 아무 반응도 없었지요! 그러자…… 그러자…… 그때 그는 진짜로…… 정말로…… 죽었어요.

나는 몸을 일으켰어요. 그 밤, 그곳, 온전하게 돌아온 그때 생각에 난 두려움에 사로잡혔지요!

그의 죽음을 설명해야 했던 것 같아요! 많은 사람이 내가 그날 저녁 그와 함께 있는 걸 보았기 때문에, 분명 의심하는 것 같았지요…… 그런데…… 난 내 아이를 죽은 채 내버려두고 어떻게 도망쳤던 걸까요?

아니에요! …… 아니에요! …… 아니에요! …… 길을 찾아야 했어요!

정신이 혼미해져서 그를 가슴에 안았어요. 그리고 그를 일으켜 세웠는데…… 위로…… 위로…… 위로…… 그렇게 담을 타 넘고, 그 길로…… 들로 나가서, 계속해서…… 계속해서…… 내 아이와 함께 계속해서…… 계속해서…… 내 고갈된 육신의 힘을 다 짜내면서, 계속해서, 계속해서, 내 고양된 정신의 힘으로, 계속해서, 계속해서, 아무에게도 들키지 않고 그를 질질 끌고 집까지 갔어요. 계속해서, 계속해서…… 계단을 오르고…… 계속해서, 내 방에, 그를 조심스레 내려놓았고…… 그렇게 해서, 침대까지 가서, 나는 쓰러졌고, 완전히 탈진해버렸어요.

잠시 후에 기운이 돌아왔고, 마음이 조금은 진정되었습니다. 문을 안으로 걸어 잠그고 창백하고 불쌍한 내 아이를 바라보았지요…… 두 개의 새까만, 거대한, 공포에 질린 화환

과도 같은 눈언저리 깊숙한 곳에서 눈은 꼭 감겨 있었지요.

내가 그를 그곳에서 옮겨왔던 겁니다! 왜 그를 옮겼던 걸까요? 공포 때문이었죠! 나에 대한 공포, 즉 사람들이 나를 거기서 발견하고, 붙잡아 벌을 주고 고문하고 사형하리라는 공포 때문? 그러나 누가 나를 죽일 수 있었을까요, 내 아이가 죽은 마당에?*

그런데, 나는 그의 죽음을 똑같이 설명해야 했던 건 아닐까요?

그가 내 가슴 속에서 어떻게 죽었지요? 난 가장 끔찍한 설명을 해야만 했던 건 아닐까요? 나는 그날 저녁에 그가 가고 싶어 했던, 언제나 돌아가고 싶어 했고, 머물고 싶어 했던 그의 둥지로 그를 빼낸 거였어요.

그리고 나는, 세상에서 유일하게 그를 이해하고 있던 나는, 그를 빼내기는 했어도 우리 사랑에 화관을 두르지는 못했어요. 나는 공포의 순간에 모든 것을 모독했고, 야비하게 만들었고 더럽혔어요. 무슨 공포냐고요? 나에 대한 공포!

다시 그를 들쳐 안았어요. 그는 두 팔을 뒤쪽으로 늘어뜨렸고 머리는 내 어깨에 기댔지요. 그렇게 아래로, 계단을 타고 길을 통과했고, 다시 들녘을 지나는 동안 아무도 우리를 보거나 듣지 못했어요. 묘지의 담 위로 그를 끌어올렸고, 그의 자세를 유지하면서 십자가, 부서진 문, 키 작은 나무 사

---

* '설령 사람들이 사형시키더라도, 나는 죽지 않을 것이다. 내 아이가 이미 죽었으므로, 나의 죽음은 죽음의 의미가 없다. 오직 그만이 나를 죽일 힘을 갖고 있다'라는 의미다.

이를 지나서 그의 둥지, 우리의 둥지를 다시 찾았어요. 거기 바닥에는 우리 육신이 만든 자국이 여전히 남아 있었어요. 나는 그를 아주 조심스럽게, 흔들림 없이, 안전하게 내려놓았습니다. 지치거나 쇠한 느낌이 전혀 들지 않았어요. 나의 영혼을 다시 찾아낸 때였죠. 나의 운명 앞에서, 나의 죽은 아이 앞에서, 꼿꼿이 서서 기다렸어요. 동이 터오기 시작했습니다."

"비안카의 이야기는 흥미롭고 기괴하군요. 그렇지 않습니까, 페렐라 씨? 다들 매우 조용하게 계시는군요……."

"그녀는 언제나 이 지점에서 멈춥니다. 그 아침 시점에서 말입니다."

"오! 페렐라 씨, 아시겠지만, 그녀를 보러 근처 마을에서 다들 달려왔습니다. 그녀는 다음 날 밤까지도 죽은 자 곁에 꼿꼿이 서 있었습니다."

"그리고 처음 달려온 사람들에게 이렇게 소리쳤지요. 내가 죽였다! 내가 죽였다! 내가 죽였다! 나의 사랑으로!"

"목청껏 말입니다."

"그리고 모든 걸 설명했죠."

"오! 그녀는 몇 달 동안 왕국 전체의 화젯거리였습니다."

"그녀는 벌을 받지 않았어요. 왕궁에 연줄이 있었지요. 그러나 어떻게든 그녀를 처벌하고 싶어한 사람이 있었습니다."

"애인의 어머니였지요."

"그분은 이미 병에 걸렸잖아요!"

"맞습니다. 그분도 똑같이 죽었을 겁니다. 그분 모습은 비안카가 그분을 그날 저녁 거리에서 만났을 때 이미 사라지고 없었지요. 비안카에게 그날 저녁은 매 순간 아주 길게 느껴졌을 겁니다."

"매일 밤, 페렐라 씨, 나는 집을 나섭니다. 현관에서 멈췄다가 길을 가로지르고, 들녘을 가로질러 그 담을 넘습니다. 거기에, 내 아이가 있는 그곳에, 삶의 마지막 순간을 그에게 되돌려주기 위해 길게 눕지요. 그는 우리의 동료입니다. 나는 그 순간에 죽습니다. 그리고 그는 우리 사랑의 최고의 순간을 다시 살아내지요. 나는 그의 죽은 몸을 보호하는 성합聖盒*입니다."

"사제들은 자신들의 성체 안에 하느님의 일부를 담고 있다는 환상을 갖고 있어요. 그러나 나는 그에게서 흡수한 마지막 생명 한 방울을 아직도 내 안에 지니고 있습니다."

에노스 코페르티노 양

"에노스 코페르티노, 왕국의 가장 위대한 바이올리니스트!"

"페렐라 씨는 그녀에게 질문하지 않으셔도 됩니다. 위대한 예술가는 마음을 아무에게나 열지 않습니다. 대답하지

---

* 가톨릭에서 그리스도의 몸, 즉 성체聖體를 모셔두는 그릇

않을 겁니다."

"그녀는 유명 배우 칼투바와 살고 있습니다."

"그녀는 입을 열고 싶어 하지 않습니다만, 그럴수록 사람들은 말이 많아집니다."

"에노스는 아무도 들어갈 수 없는 저택에 삽니다. 아무도 숨어들 수 없습니다. 위대한 비극 배우 칼투바만이 그녀와 함께한답니다."

"밤이면 저택의 정원에서 바닥에 휘감겨 굴러다닐 만큼 치렁치렁한 암갈색 치마를 입은 그림자 두 개가 보인다는 얘기가 떠돕니다. 그러나…… 그녀에 관해서는…… 아무도 모릅니다…… 아무도 말할 수가 없어요…….'

하느님

"페렐라 씨, 나는 이제 그 세 여인에 대해 당신과 같은 생각이에요. 나는 굴뚝 꼭대기에 있고 그들의 말소리를 듣습니다. 그들의 속삭임은 내 모든 감각을 끌어당겨서 나는 볼 수도 없고, 몸을 조금도 움직일 수가 없어요. 그들은 인간의 고통에 관해 말합니다.

그 셋 중 누가 말합니까? 페나입니까? 레테입니까? 라마입니까?

한 사람은 마음의 고통을 낱낱이 말하고, 한 사람은 이제 그 마음을 포획한 그물을 낱낱이 말하며, 한 사람은 그 마음을 꿰뚫을 창을 손에 쥐고 있습니다.*"

"오, 하느님!"

"네, 그 사람들 말소리가 들려요, 들립니다. 말소리를 어떻게 분간해낼 수 있는지 나는 모릅니다. 말씀하세요, 페렐

---

* 페나pena는 '고통', 레테rete는 '그물', 라마lama는 '창'을 의미한다.

라 씨, 말씀하세요. 저 세 여인 가운데 누가 가장 보고 싶으십니까? 어떤 여인이 당신이 더 상상한, 또는 더 많이 상상했다고 추정하는 사람인가요?"

"페나의 눈, 레테의 손, 라마의 미소."

"보세요, 내 눈을 보세요, 내 손을 보세요, 내 미소를 보세요. 나는 그 모든 것의 총체라는 걸 느껴요."

"오, 하느님!"

"말씀하세요, 확신을 갖고 말씀하세요. 왕비의 눈은 다르던가요? 손은? 미소는? 도시의 부인들이 어제 즐겁게 담소를 나누며 동조하기는 했는데, 나는…… 나는 왕비입니다……."

"오, 하느님!"

"왕비는 자신의 과거를 찾아낼 수 없어요. 미래도 알아볼 수 없고요. 아아, 당신은 피에 흥건히 적신 칼을 들고선 그녀가 보이나요. 그 칼로 자신을 감추는, 아주 멀리, 멀리…… 사라지는.

그러나 나는 당신께 놀이 하나는 가르쳐줄 수 있어요. 왕비를 위한 놀이, 스타토*라고 하는 놀이죠."

"오, 하느님!"

"자, 여기 카드를 집으세요. 이것들은 부인이에요, 집으세요. 이것들은 기사인데, 제가 집을게요. 칼이 그려진 카드도 있지요.

---

* '국가'라는 뜻. 국정·외교의 기술, 정치적 경륜이나 정치적 수완

나는 기사를 한 장 뽑고, 당신은 부인을 뽑으세요. 또 돈이 그려진 카드를 뽑으세요. 가장 큰 액수의 돈이 그려진 카드와 기사가 합쳐지면 왕이 됩니다.* 거기에 상응하는 부인은 왕비입니다.

자, 이것은 왕, 이것은 왕비, 이것은 스타토의 돈입니다. 왕을 칼이 그려진 카드와 섞으세요. 왕이 으뜸가는 칼과 결합하면 죽습니다."

"결합하지 않으면요?"

"왕국과 결합하기 전까지는 괜찮아요."

"그다음에는요?"

"다음은, 아까 말한 대로, 죽습니다······."

"오, 하느님!"

"더 있어요, 더. 이 왕은 상당히 오랫동안 왕국을 소유합니다. 그런데 왕이 죽고 말아요. 왕비는 이리저리 칼을 모아서 사라집니다. 왕비를 테이블 끝에 놓으세요."

"돈은요?"

"돈은 스타토에 귀속됩니다.

새로운 왕, 새로운 왕비, 스타토의 돈. 자, 이제 남아 있는 가장 높은 카드와 결합하기까지 왕이 칼의 카드와 짝을 이룹니다. 왕비는 그 칼을 모으고 사라집니다. 왕비를 테이블 끝에 놓으세요."

"이 게임이 끝은 납니까?"

---

* 권력과 자본의 결합이 지배하는 세상을 의미한다.

"절대 끝나지 않습니다."

"오, 하느님!"

"새로운 왕, 꿰뚫어야 할 새로운 심장, 새로운 칼, 새로운 동전, 피범벅의 칼과 함께 남은 새로운 왕비가 생겨납니다."

"오, 하느님!"

"전하, 저는 한 단어를 수도 없이 들었습니다만, 주위를 둘러봐도 보이는 건 없었지요……."

"한 단어라고요?"

"그렇습니다. 하느님."

"오! 신경 쓰지 마세요. 그 문제라면 더는 알아챌 수 없게 충분히 연습해왔어요. 와서 보세요, 나의 앵무새*여, 여기 옆방 창문으로 오세요.

얼마나 아름다운지 보여요? 내가 가르칠 수 없는 건 단 하나였어요. 그는 아무것도 배우려 들지 않았지요. 자기가 들었던 이 한 단어만 간직했고…… 언제나 반복하지요. 참 이상하지요, 그렇지 않아요? 오로지 단 한 단어, 가장 위대한 단어예요. 그는 그 의미를 이해하지 못해요. 불쌍한 피조물이여…… 대체 하느님이 무엇인지 어떻게 깨닫게 할까요!"

"하지만 당신은 알지요."

"물론이죠! 모르는 사람이 어디 있어요? 하느님! 하느

---

* 남의 말을 되풀이하여 흉내 내는 사람

님은…… 하느님이죠! 우린 모두가 잘 알아요. 그런데 그는…… 나는 지금 왕립 공원에서 매일 하는 산보를 하려는데, 당신이 저와 동행하시죠. 해가 지려 하네요. 마차가 우리를 기다리고 있어요. 오세요."

"전하! 전하가 칼의 카드와 함께 테이블 끝에 두라고 하셨던 그 왕비들…… 죽은 왕들의 왕비들……."

"그들이 왕립 공원의 끝에 있습니다. 보세요. 애도의 외투를 얼마나 무겁게 끌고 다니는지! 그들이 어떻게 몸을 기리고 있는지 보세요. 검은 베일에서 창백한 얼굴만 엿보입니다. 오른손에는 칼을 들었습니다."

"언제나 여기를 배회합니까?"

"그들은 이 어둠침침하고 음습한 공원에 기거합니다. 그들을 가둔 철책 안에서, 언제나 어슬렁거리며 떠돌고 있습니다."

"서로를 잡아먹지는 않습니까?"

"왜 그러지 않겠습니까? 그 안에서 다 똑같지 않겠습니까? 왕비들도 다들 똑같지 않았겠습니까? 똑같은 외투와 똑같은 베일을 갖고 있지 않겠습니까? 그들은 나만 눈으로 잡아먹습니다. 철책 입구에 선 나를 사납게 바라보면서 말입니다.

내일 그 문은 또다시 열릴 겁니다 아마도…….

저녁마다 왕비는 해 질 무렵 그곳을 방문하곤 합니다. 그 안에는 젊은 왕비들도 있고 늙은 왕비들도 있습니다. 클레오페 왕비는 50년 동안 내내 기거한 가장 나이 든 왕비입니다."

"그들은 미워하나요, 사랑하나요?"

"칼이 없는 왕비를 미워하고, 기억을 사랑하며, 왕의 심장을 꿰뚫는 칼을 질질 끌고 다닙니다.

페렐라 씨, 당신이 보기에 그들이 무엇을 닮았다고 생각하시나요?"

"내 눈에는…… 날개가 잘려나간 크고 검은 새들로 가득 찬, 아주 커다란 새장 같아요."

무도회

"얼마나 멋지던가요!"

"멋져, 멋져, 멋져요!"

"뭐가요?"

"멋져요, 야외 행렬 말입니다."

"안녕하세요."

"안녕하세요."

"안녕하세요, 젤라시아."

"안녕하세요, 나디나."

"벌써 오셨네요?"

"잘 오셨습니다."

"초에도 오셨나요?"

"아직 도착하지 않았어요."

"두 번째 마차에 있어요."

"정말 멋지군요! 멋져요! 멋져요!"

"믿을 수 있어요? 자리가 남아 있는 마차가 하나도 없더군요. 그래서 광장에서 마차를 타고 사촌 코릴라의 집으로 가서 창문으로 봐야 했지요. 아래로 마차가 두 번 지나갔어요. 그리고 그가 바로 창문 아래에 왔을 때 뭘 하는지도 모르면서 가슴에 달고 있던 빨간 카네이션 세 송이를 던졌지요. 그가 머리를 들어 아주 우아하게 인사를 했답니다. 온전히 나한테만 말이에요, 믿을 수 있어요? 울컥하는 느낌이 들었고, 그만 울고 말았어요. 그만 울고 말았다고요."

"나 같으면 그 사람을 껴안았을 텐데!"

"위풍당당한 축제로군요!"

"왕의 대관식 같아요."

"정말 그러네요."

"사람들이 열광하는 걸 보세요!"

"굉장하군요, 굉장해요!"

"저분을 봐요, 위엄에 찬 모습을!"

"의젓하십니다!"

"왕다워요!"

"여기서 우리끼리 그렇게 말합시다. 진짜 왕답다고."

"암살이라도 당하지 않으실까 언제나 두려워요."

"무슨 말씀을! 국민들이 얼마나 사랑하고 존경하는데요!"

"마차에서 일어나 저분이 우아하게 인사를 하셨습니다. 아주 우아하게요."

"기품이 있어요."

"황홀합니다!"

"소녀들이 꽃을 던질 때 봤어요?"

"얼마나 근사한 미소를 던지시던지!"

"진홍색이에요."

"그런데 회색도 좀 섞였네요…….*"

"정말이요?"

"사람들이 뭐라 떠들어댄 것 같습니다."

"당신은 늘 나쁜 일만 떠올리는군요."

"오! 이바를 기억하세요?"

"이바! 이바가 무슨 상관인가요? 페렐라 씨와 이바를 비교라도 하고 싶으신 건가요?"

"난 이바를 훨씬, 훨씬 더 높이 평가해요."

"바보 멍청이 같으니라고!"

"게다가 사악하고!"

"교만하고!"

"사납고!"

"당신은 막무가내로 고집을 부리려고 작정을 했군. 다들 자기 말을 들어주리라 믿으면서. 당신은 틀렸어요, 사랑스러운 아가씨야, 우리가 더 낫지. 세상 판단은 우리가 훨씬 낫지."

"그 여자는 혼란을 조장하고 있어!"

"내가 페렐라 씨라면, 그 여자 허파를 연기로 가득 채우고 질식시킬 텐데, 못된 것!"

    * 진홍색은 로마 왕과 가톨릭 교황의 옷에나 쓰이던 색채로서, 숭엄한 지위를 상징한다. 회색은 역사적 상징은 없으나, 여기서는 진홍색의 상징성을 퇴색시키는 의미가 있다.

"그런데 하나만 말해봐. 정말로 그가 총에 맞았는지 말이야."

"나도 그걸 생각하고 있었어. 어디 상처라도 입었다는 건가?"

"아닐 걸…… 연기로 되어 있으니까……."

"그렇군…… 연기로 되어 있으니, 총알이 그냥 뚫고 지나갔겠지……."

"혹시 다른 누군가를 맞히지는 않았을까."

"그럴지도."

"다행히도 나는 남편이 옆에 있었어."

"어쨌든 그런 생각은 하지 말자고. 사람들이 그분을 얼마나 좋아하는데. 길거리에서 사람들 하는 얘기를 들었어! 다들 경배한다고! 우리끼리 하는 말이지만, 왕도 그만한 사랑은 못 받으실 거야."

"다들 그렇게 생각한다니 훌륭하군."

"다들 그렇지!"

"전에는 의심하는 사람들이 많았거든."

"연기로 되었다는 둥 얘기를 들으면 말이야……."

"하지만 이제는 다들 봤으니까……."

"물론이지."

"다들, 다들 그분을 사랑해. 그분한테 적대적인 사람은 나디나뿐인데, 얼마나 미련한 거야!"

"그 여자가 왜 그러는지 모르겠어? 그분한테 관심이 많아서 그런 거야."

"생각할 필요도 없어. 얼마나 잘 되는지 한번 보자고."
"멍청이!"

"금방 오십니다."
"전국을 돌아다니셨으니, 다들 그분을 봤을 겁니다."
"농부들도 창문을 밝혀놓았다지요."
"난 칼레이오의 프롱통*을 결코 잊을 수 없을 거야. 하늘색 가로등이 도처에 깔렸는데, 그 가운데 죽 연이어 매달린 회색 연등에 페렐라고 쓰여 있었지."
"그분이 도시로 들어왔을 때 칼레이오의 문을 지나셨거든."
"아! 그래?"
"그랬다고. 몰랐어? 칼레이오의 문으로 들어오셨지. 그래서 거기에 그분 이름을 새긴 거야."

"대기실에서 사람들이 뭐라 말하던가요?"
"뭐라고?"

---

* 서양식 건물에서 경사 지붕 아래에 만들어지는 삼각형 공간. 페디먼트pediment라고도 불리며 흔히 부각으로 장식한다.

"이번이 우리가 그분을 모실 마지막 기회라고들 합니다."

"어째서요?"

"어째서요?"

"어째서요?"

"왜냐하면 법전 집필에 전념하기 위해 칩거해야 하거든요."

"오! 맙소사. 우리에겐 법전뿐이잖아."

"그래서 아주 매력적인 분을 모셔와 놓고, 멍청하게도 그분을 잃을 수도 있는 위기에 처해 있어요."

"당연히 중요합니다. 중요해요. 새로운 법전 말입니다!"

"그분을 전적으로 신임한다고 했습니까?"

"그럼요! 페렐라 씨의 서명 아래에 왕과 내각도 서명을 남길 겁니다. 그들은 페렐라 씨가 기술하게 될 법전의 그 어떤 조항에도 이의를 제기할 수 없을 겁니다."

"그런데 그분은 필요한 정보를 어떻게 얻으실까요?"

"무슨 정보 말입니까?"

"어떤 면에서는 그분이 너무 순진하게 보여서……."

"절대 그렇지 않아요. 우리 실생활을 아직 이해하지 못한 것뿐이에요."

"순진하다니! 실제라니! 그분은 여러분을 위해 한숨도 낭비하지 않으려 하십니다."

"이제 연구하러 갈 시간입니다. 법전은 연말 전에 시작해야 할 겁니다."

"우리가 뭘 해야 하는지 알겠는가?"

"뭔데?"

"오늘 저녁부터 페렐라를 한순간도 놓치지 않고 지켜봐야 하네."

"이유가 뭔가?"

"뭐 같은가? 우리는 그분에게 큰 영향력을 행사할 수 있네. 의회에 한마디 하고 싶다면 말이야!"

"그게 무슨 말인가?"

"그분이 우리를 사랑한다면 말일세."

"하지만 그분은 사랑하지 못한다는 거 알잖나."

"그래."

"그래도 그분이 우리가 원하는 걸 전부 집필하게 하는 식으로 영향을 미칠 수 있을 거네."

"그렇군."

"그래서, 그분이 우리한테 읽어주시게 하려고?"

"그럼, 그렇지."

"우리더러 읽어보라고 하실 걸세. 그분이 뭘 원하시는지 다 알 수 있도록 말이야. 그리고 우리는 우리가 원하는 걸 집필하게 될 걸세."

"그게 맞겠군."

"알겠나?"

"물론이지."

"하지만 문제는 그분이 사랑을 할 수 없다는 거야. 느낄 수도, 잘 수도, 먹을 수도, 축복받은 인간이 하는 어떤 일도

할 수 없다는 거야."

"연기로 되어 있으니……."

"어떻게 하면 그렇게 무감각해질 수 있지?"

"카툴라바가 페렐라를 기리며 연주할 거라 하던데."

"달레 카멜리에 여사."

"그리고 에노스 코페르티노가 막간에 연주할 거라는데."

"내 옷이 마음에 들어?"

"진짜 귀여운데! 장미 세 송이가 아주 세련됐어. 나도 잘 차려입었나?"

"멋져."

"무척 소박하군."

"그치만 되게 귀여워 보여…… 열다섯 살!"

"내 나이의 딱 반이로군."

"그보다 더 늙어 보이는데……."

"이런!"

"조르조 봤나?"

"시간 잘 지키는 친구 아닌가?"

"나보다 10분은 일찍 도착하라고 일렀는데."

"왜?"

"그 친구보다 내가 먼저 왔는데 자네는 몰랐단 말인가?"

"전혀 몰랐는데."

"문제로군."

"다음에는 잘 보겠네."

"모두 다 주시하고 있어."

"그건 그렇고, 자네들과 페데리코 사이는 어떤가?"

"말도 말게! 정말 미칠 지경이었네, 죽는 줄 알았다고!"

"무슨 말인가?"

"조르조가 결투를 신청했어."

"정말?"

"난 그러고 싶지 않았고."

"어째서?"

"서로를 죽이면 어쩔 텐가? 난 그 둘 다 필요하다고, 알겠나?"

"맞는 말이야."

"그런데 조르조는 어린애야. 엉덩이를 맞아야 할 아이라고."

"나쁜 엄마로군."

"페… 페레페… 페페페. 페… 페레페… 페레페… 페페."

"아!"

"그들이 왔어! 여기 왔다고!"

"왔다!"

"도착했어!"

"당도했어!"

"마차가 왕궁으로 들어가네!"

"어이구!"

"만세! 만세!"

"페렐라 만세!"

"페렐라! 페렐라!"

"만세!"

"훌륭하다! 훌륭해!"

"위대한 페렐라 만세!"

"유일한 페렐라여!"

"찬양하라!"

"만세! 만세!"

"멋지다! 만세!"

"감동적이다!"

"만세!"

"조용히 하시오!"

"그 사람들 좀 조용히 시켜요!"

"진짜 행복해하시네!"

"조용히 하시오!"

"기쁘도다!"

"조용히!"

"친애하는 여러분, 여기 자리하신 고명한 기사 여러분, 나는 최고 위원회의 제안에 따라, 칙령에 의거해, 지고하신 대주교의 추인에 맞춰, 현명하고, 탁월하며, 뛰어나신 페렐라 씨께 사랑하는 우리 조국을 위한 새로운 법전의 집필을 온전히 맡아주십사 청하게 되어 대단한 명예로 생각합니다.

상하기 쉬운 육신과 연약한 감각을 지닌 어떤 사람이 우리의 피, 우리의 야심, 우리의 개인적인 관심, 우리의 당파성 때문에 무의식적으로, 어쩔 수 없이, 불공정하게, 두려움 없이 그런 일을 맡을 수 있겠습니까? 어떤 사람이 자기도 사람임을 잊고 법전 궁극의 목표인, 만인의 평등한 이익 추구라는 이 위대한 기획을 떠맡을 수 있겠습니까?

이분은 사람이 아닙니다. 정확히 말해 불순한 것을 깨끗하게 하는 숭고한 불에 휩싸여 모든 감각의 자기중심적인 작동을 중단시키고 무화無化하는 그러한 사람입니다!"

"옳소!"

"좋습니다!"

"이분은 인간 육신과 정신의 승화체가 아닐까요? 다른 운명, 다른 시대, 다른 인생, 즉, 인간의 본능이 더는 동요하지 않는 삶과 운명의 명백한 증거를 우리에게 주러 오시는 게 아닐까요?

우리 양심이 불공정하다고 평가해야 했던 바로 그 순간에 전체의 양심을 평가하는 유일한 기준을 세우기 위해서 이분을 보내주신 그 섭리에 감사해야 하지 않을까요?

우리가 이 위대한, 새로운, 창망한 은혜를 깨달을 수 있게 이분을 보내셨던 게 섭리 아닐까요?

의심의 시대에 우리를 구하려 달려오고자 하신 당신께, 그 축복의 섭리에 감사를 드립니다.

감사를 드립니다. 크나큰 은혜를 기립니다. 우리에게 오신 당신께 부끄럽지 않은 우리가 되겠다고 선서하는 바입니다!"

"옳소!"

"장관님 만세!"

"좋습니다!"

"살아 숨 쉬면서 인생의 가장 비밀스러운 대답을 아시는 이분은 인생의 평범한 필요를 느끼지 않으십니다. 오로지 생각과 사고로만 이루어진 이분은 생각과 사고의 모든 고귀한 행위를 우리를 위해 경건하고 행복하게 사용하십니다."

"옳소!"

"페렐라 만세!"

"장관님 만세!"

"우리는 이분에게 오로지 사사로운 욕심 없이 안정되고 정의로운 작업을 기대합니다."

"옳소!"

"좋습니다!"

"페렐라 씨가 적절하다고 생각하시는 시점에 특별 위원회를 구성하여 지원 작업을 할 것입니다. 그리고 이분은 이 땅의 가장 소외된 지역들을 방문한 후, 명상과 집중의 시간을 갖는 차원에서 칩거하며 위대한 과업에 착수할 채비를 하실 것입니다."

"만세!"

"만세 페렐라!"

"만세 장관님!"

"만세 새로운 법전!"

"만세 페렐라의 법전!"

"만세! 만세!"

"당신 정말 근사했어요!"

"나는 두 번째 마차에 있었어요. 날 보지 못하셨습니까? 보세요, 소녀들 몇이 장미 송이를 나한테 던졌답니다. 여기 있잖아요. 날 못 봤단 말이에요?"

"사촌 집 창문에 있던 나를 봤어요? 봤지요, 그렇지요? 나한테 미소지었잖아요! 내가 울었다는 걸, 너무나 감동해서 울었다는 걸 알 겁니다. 정말 어쩔 수가 없었어요."

"그러니까…… 당신도 내일부터는 하던 일을 하실 수 있다고요."

"공사다망한 신사 나리들이 그분에게 일을 맡겼답니다."
"우리한테서 떼어놓으려고 그렇게 했지요."
"우리 생각으로는 유일하게 근사한 사람이지요……."
"그리고 그들은…… 아무것도 아니고요! 돼지들!"

"사람들 참 많군요!"
"아이고 맙소사!"
"땀이 나기 시작해요."
"더운 날씨예요……."
"오늘 저녁처럼 혼란스러운 왕궁은 처음 봤어요."
"내가 무슨 생각하는지 알아요?"
"뭔데요?"
"초대받지 않은 사람들도 엄청 들어왔다는 겁니다. 낯선 얼굴들이 보이지요……."
"그렇군요. 혼란을 틈타 이득을 챙기는 사람들이 꼭 있지요."
"조심하세요! 조심하세요!"
"올리바!"
"올리바!"
"벨론다 후작부인!"
"우!"
"회색 옷을 입으셨네!"

"연기 회색!"

"오! 비범한 발상이로군요!"

"후작부인은 파티에 모습을 드러낸 적이 한 번도 없어요."

"오늘 저녁은 정말 매혹적이시네!"

"어떻게 하신 거지?"

"근사한 생각이야!"

"내 드레스도 회색인데······."

"그분 드레스가 최신 유행이에요. 어떻게 만드셨을까?"

"재단사들이 부인 집에서 밤을 새우고 오늘도 온종일 일을 했다고 합니다. 응접실이 작업실이 됐다지요. 드레스가 겨우 10분 전에야 완성됐다고 합니다. 왜 늦게 도착하셨는지 아시겠지요?"

"아주 잘 어울립니다!"

"초에와 겨룰 만한데요."

"초에는 오늘 저녁 빨간 의상이 별로네요."

"어떤지를 좀 보세요. 저 곡선을 조금만 살렸더라도 세상 모든 드레스를 다 눌러버렸을 겁니다."

"올리바! 올리바!"

"내 털목도리는 완전히 회색, 연기 색이에요."

"그런 건 요즘 아무도 두르지 않아요. 할머니 세대에서나 유행했지요."

"상관없어요. 오늘 밤에 그걸 두르고 나왔으면 근사했을 텐데."

"내 드레스도 회색이지만, 진짜 고급이에요. 작년에는 사계절 내내 입었지요."

"내가 무슨 생각 했는지 아세요? 커다란 굴뚝 같은 모자를 맞추려고요. 위로는 연기처럼 보이게 회색 깃털이 튀어나오게 하고요."

"훌륭해요."

"그리고 털목도리를 두를 겁니다."

"카툴바의 연주회가 열리는 저녁에는 꼭 모자를 쓰고 싶어요."

"보세요, 보세요, 페렐라한테 가고 있어요."

"페렐라 씨가 그녀한테 인사를 하네요!"

"포옹을 하고 있어요."

"연기 한 쌍이네요."

"매혹적이에요!"

"정말 그러네요!"

"정말 어울리네요!"

"후작부인의 장밋빛 얼굴이 마치 구름 속 장미꽃처럼 보이네요."

"화장한 얼굴이에요, 아시겠어요? 화장을 했다고요."

"정말 그런가요?"

"오! 맞아요. 그녀는 언제나 풋풋해요."

"두 분이 정말 매혹적이네요!"

"오늘 밤 누가 이렇게 비상한 생각을 했는지 살펴봅시다."

"벨론다 후작부인, 참으로 황홀하군요."

"그래요!"

"정말입니다. 오늘 밤에는 눈도 달라 보입니다."

"미소도 다르고요…… 다른 여인처럼 보입니다."

"어떻게 하신 겁니까?"

"날카로운 생각을 하셨군요."

"아무도 생각하지 못했던 것을."

"바로 오늘 밤 회색 옷을 입은 분은 그대밖에 없어요."

"그리고 그분이죠."

"기회의 색깔이에요."

"나를 위해서 그런 것은 아니에요. 아! 그게 아니라, 그분께 영광을 돌리려고 그런 겁니다. 제 머리에서 짜낸 건 없어요. 그분, 그분만 베꼈을 뿐이지요…… 그분의 색깔을요. 누군가 또 따라 하고 싶어 한다면 내가 아니라 그분을, 그분을 모방한 거라고, 그분께 영광을 돌리려 한다는 사실을 분명히 해야 합니다."

"잘하셨습니다!"

"훌륭해요."

"정말 그렇습니다."

"여러분, 그 얘기 들었어요?"

"그녀가 어떻게 얘기하고 있었는지! 너무나도 열정적으로!"

"미쳤나요?"

"미쳤냐고요? 사랑에 빠진 거지요!"

"그분의 마음에…… 그녀가 찾고 있던……."

"페렐라의 마음."

"연기의 마음 말이에요?"

"그녀는 절대 찾을 수 없을 겁니다!"

"안녕하세요."

"안녕하세요."

"뭐 하시나요?"

"나요? 아무것도요. 당신은요?"

"의자가 몇 개 있는지 세어보고 있어요. 파티에서 늘 하는 일이지요. 의자 세는 일 말입니다. 대개 초대받은 사람들 숫자보다 적지요. 아무도 앉지 않거든요. 다들 부족한 의자가 자기 거라고 생각해요. 그리고 집에 돌아갈 때면 피곤하다고 하죠."

"앉을 때면 사람들 숫자가 줄어드는 것 같지 않습니까?"

"아하! 그럴 수도 있겠네요. 그렇지만 별로 신경 쓰지 마세요."

"어쨌든, 이 파티에는 의자 한 개가 부족해요."

"그런 것 같습니다."

"내 의자가 없는 거예요. 난 앉지 않아요."

"아! 그 말이 맞아요. 그 점을 생각하지 못했군요. 당신 덕분에 무도회가 완벽해졌어요."

"페렐라 씨, 솔직하게 말씀해주세요. 진정 당신도 다른 모든 사람과 같나요?"

"물론이지요, 고결하신 부인이여. 다만 저는 다른 사람들보다 무한대로 가볍습니다."

"아! 그렇군요…… 연기로 되어 있으니…… 당신을 경멸합니다!"

"페렐라의 콧수염이 얼마나 풍성한지 봤나?"

"불붙은 담배가 변덕 부리는 거 같아."

"비범하군."

"비범하군."

"그분하고 회전을 하고 싶었어. 춤이 아니라."

"뭐라고? 그분은 이미 법전을 생각하고 계신다고. 바보 얼간이들이 그걸 방해했잖아!"

"분위기만 만들어지면 그분도 바로 시작하실걸."

"당연히 그렇겠지."

"페렐라가 나한테 뭐라 했는지 알아?"

"뭐라고?"

"뭐라 했는데?"

"나한테 이러는 거야.

'당신이 얼마나, 얼마나 가볍게 느껴지는지! 거의 나보다도 가볍게 느껴집니다.'"

"우와!"

"그 사람 눈 속에 뭐가 있는지 모르겠어. 자세히 들여다볼 수가 없어."

"헷갈리는군."

"맞아. 내 말이 그 말이야. 그 말이 맞아. 헷갈려, 헷갈려."

"그런데 그분은 진짜로 사람이야, 다른 사람들처럼 그냥 사람이야."

"그냥 사람이라고? 그분은 그 사람이야, 그 사람이라고."

"뭐라고? 디오게네스*가 찾고 있던 그 사람?"

"당연하지."

"좀 더 말해보게. 오늘 밤 왕궁 연회 전에 언제 또 사냥용이나 승마용 장화를 신고 나타났지?"

---

* 고대 그리스의 철학자. 견유학파의 한 사람으로 자족과 무치를 통한 행복, 반문화적이고 자유로운 생활을 주장하고 실천했다.

"장화는 굉장히 멋지지!"
"잘 어울리고!"
"반들반들 윤이 나고!"
"오! 그렇게 윤이 나게 닦지 않았더라면 영 다른 것처럼 보일 거야."
"나라면, 그분 장화가 진흙투성이가 돼도 마냥 좋을 거야."
"오! 당연하지! 깨끗하게 닦은 신발도 진흙탕에 끌고 다니신다고! 그분이 누구던가? 어디서 오셨던가? 이름은 뭘까? 페렐라. 굉장하지 않은가?"
"그래그래. 원하는 대로 다 하고 우릴 그만 좀 괴롭혀."
"맞고말고. 원하는 대로 생각하게, 하지만 우린 그냥 내버려 두게."
"그 여자 진짜 추하네."
"눈을 파버렸으면 좋겠어!"

"섬세하게 색을 입힌 이것들이 모두 보입니까? 작은 천사들 같지 않아요? 꽃…… 베일…… 보석…… 이런 것으로 뒤덮여서. 아실지 모르겠지만, 천사들이 걸치고 있는 저 보석은 말이죠, 하나하나가 다 범죄의 눈이에요. 나는 그들이 인간 남자를 은닉한 함정이라고 늘 말합니다. 그들은 내 말을 삼켜버립니다. 더 나쁜 뭔가를 들을까 두려워서죠."

"페렐라 씨, 그 사람과 함께하면 안 됩니다. 절대로 안 됩니다. 그는 당신이 필요로 하는 친구가 아닙니다. 당신이 그와 어울리는 걸 본 게 오늘 밤에 벌써 두 번째예요. 듣기 언짢아요! 다들 그를 안 좋게 말하고, 불량하다고 알고 있어요. 그렇다고 아무도 그를 사회에서 쫓아내자 하지는 않아요. 자기가 철학자라 말하지만 사실이 아니에요. 그런 말에 신경 쓰지 마세요. 그냥 하는 말이에요. 언짢은 얘기예요. 우리가 치욕스럽다 어떻다 말하는데, 다 사실이 아닙니다. 그는 추하고 역겨워요. 우리 누구도 그 사람 앞에서 겸손한 자세를 취한 적이 없어요. 우리 얘기를 더 못되게 하고 다니지 않을까 두려워 그 고약한 성품을 견뎌야만 합니다."

"얘기 좀 해보세요."

"뭐 성가신 일이라도 있습니까?"

"그 상스러운 사람이 두 시간쯤 전부터 여기 있는데 여전히 모자를 쓰고 있군요. 아무도 몰랐나요?"

"나디나의 눈썰미가 대단하군요!"

"뭐라 하던가요?"

"페렐라 씨가 모자를 벗지 않았다고 했어요."

"얼빠진!"

"그런데 모자를 벗을 수 없다는 걸 몰라요? 모자도 연기로 되어 있으니까요."

"그냥 그러라고 해요. 그 여자가 얼빠진 얘기를 하는 게 좋아요. 그래야 여자란 죄다 그렇다고 다들 알게 될 테니까요."

"왕이시여!"
"왕이시여!"
"전하!"
"만세! 만세!"
"왕 만세!"
"우리의 왕 만세!"
"토를린다오 만세!"

"왕비시여!"
"왕비시여!"
"만세! 만세!"
"왕비 만세!"
"만세! 만세!"
"왕비께서 페렐라에게 미소를 지으셨다."
"어쩌면 저렇게 우아하지!"
"친절하고."
"멜랑콜리라는 베일을 쳤으니까."

페렐라는 왕을 보지 못했다.

"그런데 페렐라 씨, 정말 왕을 못 보셨나요?"

"못 봤습니다, 가장 고결하신 부인이여."

"두 번째 줄에 혼자 계셨어요. 처음에 귀족 두 분, 그다음에 왕께서 오셨고, 그리고 백작인 우리 남편이 바로 뒤를 이었지요……."

"황금색 띠를 두른 분이 당신 남편이었군요!"

"아니에요. 그분이 왕이에요. 우리 남편은 녹색 띠를 둘렀어요. 들어봐요, 들어보세요, 페렐라 씨는 왕이 우리 남편인 줄로 알았나 봐요."

"왕을 못 봤군요!"

"대신 왕비가 미소 짓는 모습을 봤지요."

"누군들 당신께 미소를 짓지 않을까요!"

"친구여, 왕을 못 봤다는 말이 사실이오?"

"그렇습니다."

"나도 본 적이 없다오. 어떻게 하면 볼 수 있겠소. 사람들한테 둘러싸여서, 한쪽 문으로 들어가기가 무섭게 다른 문으로 금방 빠져나가고…… 어떤 문이냐고요? 아무도 모릅니다. 어떤 문으로 들어오냐고요? 어떤 문으로 나가냐고요? 수수께끼입니다. 오늘은 이 문으로, 내일은 저 문으로, 모레는 다시 바뀔 것이고. 절대 같은 문으로 드나드는 법이 없습니다."

"그러면 왕은 자기 집을 두려워하는 걸까요?"

"자기 집이라고요? 이걸 집이라 할 수 있나요? 왕이 이곳을 가득 채운 꽃다발 향기도 맡지 못하는 걸 누가 알겠어요? 왕은 그저 식사 중에 잠시 환담을 나눌 뿐입니다. 왕궁의 식사 때 왕은 전혀 드시지 않습니다. 대신 오른쪽에 앉은 귀족과 환담을 하십니다. 그리고 허기진 상태로 자리를 뜨십니다. 그래서 식사 시간 이후 나중에 다시 식사를 하십니다. 이것이 왕궁의 식사입니다."

"식당 문이 열렸습니다."
"페렐라! 페렐라!"
"페렐라는 어디 있나요?"
"어서 오셔서 간식 좀 드세요."
"올리바! 올리바!"
"네가 페렐라를 좀 도와줘."
"정말 잘 어울리는군."
"연기 한 쌍이로군!"

"제가 첫 번째 축배를 들겠습니다!"

"와아!"

"여기요, 여기요."

"페렐라의 건강을 위하여!"

"페렐라 만세!"

"장관님 만세!"

"토를린다오 만세!"

"왕비 만세!"

"새로운 법전 만세!"

"페렐라의 법전 만세!"

수녀원 방문

마차가 왕궁 뜰에서 대기 중이다. 오늘 페렐라는 귀족 세 명의 수행을 받으며 첫 번째 시찰을 시작한다.

그가 마차에 앉으려고 하는데 왕궁의 늙은 하인 알로로가 다가와 사람들 눈을 피해 편지를 건넨다.

페렐라 씨

전국의 시찰자이시며, 인간과 사물, 제도와 관습의 개혁자시여.

물질과 비물질 세계의 특별한 힘을 지니고…….*

페렐라에게 전달된 이 편지는 토를린다오 왕의 서명을 담고 있다.

페렐라와 귀족들이 떠나자 알로로는 그 자리에 남아 감탄과 희생정신이 뒤섞인 미소를 지으며 멀어지는 마차를 지켜본다. 계

---

* 1958년 개정판에 새로 추가된 구절로 초판본에는 없으나 맥락의 이해를 돕기 위해 삽입했다.

속해서 이 말을 속으로 되뇐다.

'어떻게 할 수 있었지? 어떻게 한 거지? 연기로 된 그가!'

"페렐라 씨, 나를 기억하십니까? 올리바 디 벨론다 후작 부인입니다. 이틀 전 내 영혼이 얼마나 가련한지 말씀드렸는데, 기억하시나요? 내가 느낀 절망감이나 애통함에는 충분한 이유가 있었지만, 그때 친구들이 내 말을 끊고 받아들이지 않았습니다.

나는 그들의 잘못에 전혀 신경 쓰지 않습니다. 그들이 나쁜 뜻이 있어서가 아니라 그저 사랑을 하거나 사랑을 했다는 망상에 빠져 있기 때문에 불평을 늘어놓는 겁니다. 나는⋯⋯ 사랑을 해본 적 없는 그런 여자입니다. 기억하시겠습니까?

그때 당신에게 어떻게든 내 말을 치장하려고 했습니다. 선량한 친구들처럼 지나치게 꼬아 말을 한 것 같습니다. 이렇게 말했지요. 우리 각자는 다른 사람의 심장을 지니고 태어난다. 소녀는 청년의 심장을 지니고, 청년은 소녀의 심장을 지닌다⋯⋯ 기억하시나요? 제 말은 아마도 진실일 겁니다. 그러니 생각해보세요. 우리의 덧없는 인생에서 다른 사람을 만나기가 얼마나 끔찍하게 어려운 일인지를 생각해보세요. 이건 진실입니다. 이런 쓸모없는 심장을 우리 모두가 지니고 있습니다. 이 축 늘어진 덩어리가 가슴 속에서 날이면 날마다 더 많은 눈물로 얼룩지는 더러운 스펀지가 되어 갑니다. 우리는 깨닫지도 못하고 이런 비극 속에 삽니다. 이것도 진실일 수 있겠지요. 그러나 오늘 나는 이런 식으로 말씀을 드리지는 않겠습니다. 오늘은 또 다른 태도로 말씀드리려 합니다. 아주 간단하게 말하지요. 나는 사랑을 한 적이 없고, 지금까지 사랑할 만한 남자를 찾지 못했습니다. 그런데 오늘은 그런 식으로 말씀드릴 수가 없을 것 같습니다. 이틀 전 나는 불행했지만 지금은 불행하지 않습니다. 당신을 사랑합니다.

당신은 먹지도 않고 마시지도 않으며 잠을 자지도 않고 아무것도 하지 않는다고 다들 말했습니다. 그러니까…… 나는 당신과 같습니다. 당신을 만난 금요일부터 나도 아무것도 하지 않았어요. 당신 생각만 하며 지냈습니다.

당신은 서른세 살이라는데, 맞습니까? 나와 같군요. 나도 서른셋입니다. 33년 전에 당신은 저 위 당신 굴뚝에 놓였고, 그때 나는 태어났습니다. 그때 이후로 살아오셨다면, 지금 예순여섯이겠네요, 그렇지요?* 나의 두 배로군요. 당신은…… 그러니까…… 늙은…… 죽음에 다가선 사람이니…… 아마도…… 아마도…… 아니에요, 그게 아니라…… 당신은 이미 죽었을지도 모르겠군요. 그렇지만, 당신은 아직 젊어요. 싱싱한 청춘, 나와 같은 청춘이에요. 나처럼 삶에 복귀하고 사랑에 새로워지는 청춘.

* 페렐라는 33년 동안 자궁 속에 있었다.

내 모든 사랑을 걸고 당신께 한 가지만, 한 마디만 물어볼게요. 내 삶이 광기가 아니며, 당신은 나를 기다리기 위해 저 위로 올라갔다고 말해주세요. 당신이 가다가 중간에 멈춘 것은 나를 기다리기 위해서였지요. 내가 당신께 도달할 시간을 주기 위해서요. 나는 당신에게서 멀리 떨어져 있었으니까, 그래서 달렸지요…… 숨을 헐떡이며…… 아아…… 나는 죽어가고 있었어요. 당신께 도달하지 못할까 두려워서, 당신의 마음을 내가 소유하지 못한 채로. 하지만…… 당신은 나한테 너무나 잘해주셨고…… 나를 기다려주셨고…… 그래서 내가…… 지금…… 여기 있어요. 당신께 도달한 거예요!

당신 얼굴에 비치는 순수하기 그지없는 표현을 내 눈으로 보네요. 그 표현이 연기로 말해요. 난 연기로 돼 있다고요. 혹시 이것이 올리바 디 벨론다 후작부인에게 가는 길을 막는 장애물이라 여기시나요? 내 친구들처럼 당신의 성질이 이렇다고 헐뜯는 얘기를 반복하리라 여기시나요? 대체 무엇이 내게 중요한 건가요? 당신은 연기로 되어 있나요? 문제없어요. 나도 연기로 되어 있고, 당신을 사랑해요. 사랑하는 사람은 아무것도 묻지 말아야 해요. 그저 늘 주고, 주고, 줘야만 하지요! 묻는다는 건 상대가 아니라 자신을 사랑한다는 의미예요. 사랑을 의미하지 않는다고요!

이제 내 사랑은 꽃을 피웠어요! 그 꽃잎 위로 내리는 비가 당신의 아름다운 이마 위로 떨어질 수 있다면, 그래서 당신의 섬세한 형상을 따라 흘러내릴 수 있다면, 나의 사랑에 물든 꽃잎을 싫어하지 않으실 거예요…… 그렇게 받아들여 주신다면, 그러면 나의 심장이 당신을 위한 세상이며, 모든 정원으로 만들어진 세상임을 아실 거예요!

나를 사랑하실 건지 대답하지 마세요, 대답하시면 안 돼요. 대답을 원하지 않아요. 나를 싫어하신다 해도 나는 당신을 사랑할 거고, 내게 무관심하셔도 나는 당신을 사랑하며, 만약 나를 사랑하신다면 당연히 나는 당신을 사랑할 거예요. 단 한 가지 이유 때문에 당신께 편지를 썼어요. 당신은 한 여인의 슬픈 마음을 들어주었고, 한 여인의 고통으로 가득 찬 얼굴을 피하지 않았으며, 한 여인의 불행에 귀를 기울였어요. 그 여인은 이제 더는 그런 식으로 말하지 않습니다. 더는 불평하지 않아요. 얼굴은 새롭고, 입은 미소를 찾았으며, 심장은 기쁨으로 가득 찼어요. 그 여인은 행복합니다. 당연히 그 이유를 아시겠지요."

"죄인, 마리안니나 폰테 수녀입니다."
"폰테 수녀님은 얼마나 많은 죄를 지었습니까?"
"하루에 세 번입니다, 페렐라 씨."
"지금 당신 죄의 용서를 구하는 건가요?"
"매일 세 번씩이요."
"콜롬바 메체리노 수녀입니다."
"죄인입니까?"

"죄인은 아닙니다, 페렐라 씨. 콜롬바 수녀는 순결의 꽃을 간직하고 있습니다. 그녀는 죄인들을 위해 기도합니다."

"그러니까 자기가 저지른 죄의 용서를 비는 사람들과 다른 사람이 저지른 죄의 사함을 탄원하는 사람들, 두 종류의 사람이 있군요?"

"다른 종류의 사람들도 있습니다, 페렐라 씨. 혼자 죄짓는 사람들입니다. 신의 선택을 받은 콜롬바 수녀는 그들을 위해 기도합니다. 콜롬바 수녀는 그런 사람들을 위해 계속 탄원하고 있습니다."

"페렐라 씨, 당신을 수녀원으로 안내하겠습니다. 들어가시지요."

묘지기 알라

"사람들은 인생의 가장 나쁜 순간에 죽습니까, 아니면 죽음이 인생의 가장 나쁜 순간입니까?"

"죽음은 사람들이 살면서 가장 강렬하게 열망하는 순간입니다. 죽음은 삶의 문일 뿐이며, 죽음의 문턱에 접근할 때 사람들은 그 열기로 그을립니다."

"죽은 자들 가운데서 누가 깨어날 수 있다면, 그러면 삶이 뭐라고 우리에게 말해줄까요? 어쩌면 죽음이 뭐냐고 우리한테 질문할지도 모르겠습니다."

"어쩌면요."

"나는 가끔 죽었다가 다시 살아난 사람들 얘기를 들었어요."

"정신을 잃은 듯 깊은 잠에 곯아떨어졌던 사람들이에요. 그들은 최고의 순간을 경험하지 못했어요. 문턱에서 멈췄고, 그저 그들의 감각을 빼앗아간 최초의 섬광을 느꼈을 뿐입니다. 실제로 죽었을 때, 그제야 그들은 삶의 모든 힘을 느꼈을 겁니다. 사랑을 나누다가 절정의 순간에 마치 익사하듯 죽은 어떤 창녀가 있었습니다. 그녀가 기도할 때 뭔가 꾸르륵거리는 소리가 거칠게 새어 나왔어요. 꾸르륵, 꾸르륵, 꾸르륵, 꾸르륵…… 물속에 잠길 때 목구멍이 내는 소리와 똑같았지요. 그녀는 5분 동안 살아 있다는 아무 신호도 없이 바닥에 누워 있었어요. 그러다가 이전보다 더 활기차고 생생한 모습으로 돌아왔지요. 모두가 잠수부 창녀라 불렀답니다.

그리고 이 사람은 알라입니다. 묘지기입니다.

안락의자에 파묻힌 이 노파는 문지방에서 눈을 떼는 법이 없습니다. 손수건을 휘감은 그녀 얼굴은 말라비틀어진 호두처럼 생겼습니다."

"이 여자를 보십시오. 언제 태어났는지 아는 사람이 없습니다. 자기도 시간을 기억하지 못합니다. 삼백 살은 먹었다고들 합니다."

"어떻게 그럴 수 있었지요?"

"페렐라 씨, 아시다시피, 죽음은 큰 낫으로 땅의 풀을 베어 죽음의 창고로 운반합니다. 풀을 잔뜩 이고 도착해서 잠시도 쉬지 않고 최대한 빨리 내려놓고 다시 일하러 떠납니다. 떠날 때는 정말 서두릅니다. 그래서 문에 도달할 때 눈에 보이지는 않지만 매우 경쾌한 도약의 걸음을 내딛지요. 그러기에 죽음의 칼날은 잎을 수확하면서도 땅을 결코 건드리는 법이 없습니다."

사랑의 초원

"페렐라 씨. 이 사랑의 초원을 보세요."

"사람들은 서로 사랑합니까?"

"하나는 사랑하고 하나는 사랑을 받습니다. 사랑하는 사람은 분명 사랑을 받고, 사랑을 받는 사람은 분명 사랑을 합니다."

"둘이 각자를 사랑한다면요?"

"그 둘의 사랑은 존재하지 않습니다. 오직 각자의 사랑만이 존재하겠지요. 두 개의 평행선처럼 나아가서 결코 만나는 일이 없을 겁니다."

"둘 중 아무도 사랑하지 않는다면요?"

"여기로 오지 않겠지요."

"그러면 어디로 갑니까?"

"아무 데로도 가지 않습니다. 어쩌면 싸구려 여관방으로 갈지도 모르겠네요."

"커다란 둥근 초원이 저쪽 계곡 중간에 펼쳐져 있어요. 거대한 마로니에가 두 줄로 늘어선 길이 주위를 둘러싸고 있습니다. 그리고 그 초원 가득히 헤아릴 수 없이 많은 쌍의 연인들이 가고 오고 만나고 서로 못 보고 엇갈리다가 가고 오고 멈추고 머리를 맞대고 속삭이고 미소를 짓고 미끄러지듯 나아가고 서로 꼭 붙잡고 서로를 바라보고 서로의 말을 경청합니다…….

누구도 주변에서 일어나는 일에 신경을 쓰지 않습니다. 두 눈은 다른 두 눈만을 볼 수 있을 뿐이지요.

부인들은 손에 장미꽃을 꼭 쥐고 연인의 말을 들으며 미소를 짓습니다. 말없이 넋 놓고 상대에 귀를 기울일 때면 자기를 내려다보는 눈에 너무나도 깊이 빠져듭니다. 성숙한, 또는 나이가 지긋한 여인들은 거의 소년 같은 청년과 산보를 하면서 대화를 재촉하고, 아랍식 단검처럼 아주 예리한 눈길을 청년의 심장 깊숙이 던집니다. 그러면 청년이 먼저 시선을 내리깔고, 생각에 잠긴 미소를 띠면서 길을 계속 갑니다."

"그러면 서로 무슨 얘기를 하는 건가요?"

"사랑의 언어를 말합니다. 다들 가장 빛나고 다채로운 주제를 다룬다고 짐작하시면 됩니다. 단 하나의 주제를 말하는 셈이지요. 문장은 최대 스물 또는 스물다섯 단어에까지 이를 수 있습니다. 어떤 이는 겨우 네댓 단어만 간신히 사용할 수 있지요. 또 어떤 이들은 간간이 파편적이고 간헐적인 단어들이 삽입된, 극도로 긴 침묵으로 수사법을 대신합니다."

"하지만 사랑은 말을 필요로 하지 않지요. 사랑은 자연의 거대한 작품과도 같아요. 인간의 언어로는 이해할 수 없기 때문에 그저 침묵으로 부르는 그런 자연 말입니다.

초원의 중앙부터 저편으로 양쪽에 포플러가 늘어선 숲길이 길게 이어집니다. 길가의 풀에 내려앉은 햇빛이 반짝거리지요. 그곳을 누군가 얼룩말을 타고 가는 것 같아요. 길과 말의 쌍은 이리저리 이어지다 포플러의 긴 그림자와 겹치고, 그러면 호랑이의 등을 타고 가는 것 같지요. 그렇게 수많은 짝에 둘러싸여 홀로 호젓하게 가고 오고 지나가는 것입니다……"

"그들은 생각을 합니까?"

"전혀요. 한 사람의 인생은 다른 사람이 인생으로 기꾸로 흘러들어서 아무도 자기의 인생을 살지 않고 사랑의 인생을 살게 됩니다.

길의 막바지에 다다르면 돌아서서 당신 앞에 놓인 그 긴 길을 보세요. 그 직선에 걸려 있는 둥근 대초원이 보일 겁니다.

수많은 짝은 물결처럼 넘실거리는 부드러운 요람에 누운 듯 천천히 움직입니다. 이제 서로 가까워지며 입을 맞추는 것 같습니다. 길 끝으로는 마로니에도 마치 서로 껴안듯 둘씩 나란히 나아가고 있으며, 길이 그리는 긴 획과 그 끝에 놓인 초원의 원반, 모든 것이 하나가 되어 마치 어지럽고 달콤한 선회旋回의 맛에 잠긴 듯 천천히, 부드러운 요람의 넘실거림, 그 일정한 흔들림 속에서 움직이고 있습니다……
추錘! 그것은 사람들에게 매 순간을 표시해주는 세상의 거대한 추입니다…….”

"페렐라 씨, 시간이 늦어지고 있습니다."

"이 사람들이 다 남으시는 건가요?"

"해가 진 뒤로 당신은 수많은 짝이 열을 지어 나타나는 모습을 보실 겁니다. 그들은 초원에서 시작하여 도시로 방향을 잡아 나아가다 다른 이들과 섞여 사라질 겁니다. 어두워지는 대로 당신이 돌아오신다면, 그래서 혹시라도 초원으로 들어가신다면, 눌러왔던 탄식의 소리가 여기저기서 길게 들려올 겁니다……."

"누군가가 남아 있었다는 얘긴가요?"

"그렇습니다.

밤의 어둠 속에서도 추는 흔들리고…… 흔들리고…… 흔들립니다. 규칙적으로 진동하며 끊임없이 흔들립니다."

술꾼 이바

"페렐라 씨, 이바입니다."

작은 창살을 통해 바닥으로 떨어지는 몇 가닥 빛줄기에 천장이 밝아진다. 굳게 닫혀 밀폐된 문에는 간수가 들여다보는 작은 유리창이 있다.

뭔가를 구별하려면 그 작은 공간의 어둠에 오랫동안 시선을 주고 기다려야 한다. 아주 간신히 인간의 형체처럼 보이는 어떤 윤곽의 테두리가 마치 흩어지는 안개를 통해서인 듯 조금씩 나타난다.

이제 커다랗고 붉은 열매가 세 개나 달린 것 같은 여드름투성이 코 하나가 커다랗게 나타난다. 얼굴은 온통 칙칙한 털로 덮였고, 이마는 큰 타래의 단단한 머리털이 이마를 감출 정도로 흘러내리고 있다. 마지막으로 보이는 미동 없는 검은 두 눈은 눈썹이 전혀 없고 열을 받은 테두리처럼 원형으로 찍힌 흔적만 가늘고 엷게 자리하고 있다.

"페렐라 씨, 왕이 죽으면 가장 부유한 시민이 왕좌에 오르는다는 사실을 알고 계십니까? 나라의 금고에 금을 가장 많이 쏟아부을 수 있는 사람이 새로운 왕이 되는 것입니다.

10년 전에 갈로 왕은 자살이거나 누가 독약을 먹였거나, 아무튼 이유를 알 수 없는 급성 복부 경련으로 죽었습니다. 왕이 죽으면 그에 대해 샅샅이 탐문하지 않는다는 걸 아시겠지요. 새 왕은 관례에 따라 모든 수사를 종결했고, 어쩌다 범인을 색출한다 하더라도 범인은 왕의 은총을 받는 신민으로서 누구나 부러워할 정도의 신분을 보장받습니다.

국가의 기본 계약입니다.

나라에서 가장 돈 많은 귀족들, 명망 높은 은행가들은 재산 목록을 품고 왕궁에 모여들었습니다.

저마다 주머니를 금으로 불룩하게 채우고 왕궁의 큰 계단을 오르며 벌써부터 주머니를 비운 대가로 머리에 왕관을 쓰고 계단을 다시 내려오는 광경을 그려봅니다.

그날 왕궁에서는 대단한 볼거리가 벌어집니다. 정복을 완벽하게 갖춘 의장대와 호위대, 현란한 제복을 입은 하인들이 입구와 계단, 즉위식이 열리는 방에 도열하고 있습니다. 그날 그곳을 지배하는 것은 침묵입니다. 찰랑거리는 금화 소리만 침묵을 깨뜨립니다. 그러지 않으면 한 푼이라도 계산에서 빠지기 때문입니다.

페렐라 씨, 우리 법에 따르면 누구라도 왕이 될 수 있습니다. 누구라도 국가에 황금을 바치기만 한다면 말입니다.

그날 아침 왕궁 입구에 도착한 자가 있으니, 이바입니다.

저 어두운 독방에서 당신이 본 바로 그 자입니다. 이곳에서 모르는 사람이 없는 알코올중독자이자 가장 유명한 술꾼, 시내 개구쟁이들의 표적이자 악평이 자자한 취객들의 동료인 이바는 알코올로 혀가 점점 더 부어올라 급기야는 말을 할 수 없는 지경에 이르렀습니다. 아침이면 청소부가 길거리에서 처리하곤 하는 배설물 더미 같은 사람이지요…….

사람들은 대개 그가 가는 길을 가로막으려 합니다. 하지만 이바가 양쪽 팔에 커다란 배낭을 두 개 들고 있던 그날은 모든 시민이 나설 권리가 있고, 모든 사람이 일종의 왕인 그런 날이었습니다. 복권에 당첨된 숫자가 알려지기 전까지는 투기꾼 누구나 승자인 것처럼 말이지요.

비트적거리며 걷는 이바는 두 배낭의 무게 덕분에 다리의 균형을 잡기 수월하여 평소보다 바른 자세를 하고 있습니다. 빽빽한 머리카락은 언제나 그렇지만 역겨울 정도로 헝클어졌고, 먼지와 진흙, 악취 나는 더께가 두껍게 앉아 있습니다. 대개 길거리와 창고, 도랑가에서 꾸리는 잠자리에서 모아들이는 것들입니다. 짐승 같은 수염이 얼굴을 뒤덮고, 버섯 같은 커다란 코는 피를 뿜어낼 듯 붉으락푸르락 부풀어 있습니다. 웃을 때면 양옆으로 딱 두 개만 남은 이가 드러나고, 더럽고 닳아빠진 누더기를 둘렀지요. 이바는 치렁치렁 장식을 땋아 내린 수많은 인물, 번쩍거리는 검 장식과 메달, 타오르는 듯한 색채의 제복과 정복 사이로 오릅니다. 계속해서 오릅니다. 다음 계단으로 발을 딛기 전에 매 걸음 간격을 두고 양발에 힘을 주면서 침착하게 위로 오릅니다.

즉위식이 열리는 방에 도착하자 그곳의 모든 귀족이 일제히 돌아보며 탄성을 지릅니다. 오! …… 오! …… 오! …… '오'라는 한 마디로 모든 소리가 나왔다가 멈추고 사라집니다. 놀라움, 경멸, 분개의 외침입니다. 그 사람이 거기 있어서가 아니라 그 사람을 입장시켰기 때문입니다.

방에는 흠잡을 데 없이 고급스러운 수많은 검은 코트가 이바를 가운데 두고 커다란 동그라미를 그려냅니다. 모두가 페렐라의 존재를 놀라운 눈으로 바라보며 뒤로 옆으로 물러섭니다. 중앙에서 비틀거리고 웃는…… 아무것도 상관하지 않고 쳐다보는 이바에게 '받들어총!'을 하는 것만 같습니다.

그가 방 한가운데에 이르러 배낭 두 개를 내려놓습니다. 다들 숨을 죽이고 있습니다. 방을 채운 눈은 다들 커져만 가고…… 그가 바닥에 주저앉아 어린아이 같은 동작으로 배낭 하나를 내려 풀어서 내용물을 꺼내놓습니다.

거기 모인 귀족들은 너무 놀라서 휘둥그레진 눈을 어쩌지 못하는 듯 그 추접한 인간을 보고 올라오는 구역질도 잊어버리고 술에 절은 이바의 주변으로 몰려듭니다. 배낭은 금과 돈, 돈, 돈으로 가득하고…… 은행 채권 뭉치, 금화, 보석을 담은 작은 자루들로 채워져 있습니다!

이바가 왕좌에 오르기 위해 그 발치에 퍼붓는 것은 왕국의 모든 귀족, 모든 은행가를 완전히 압도합니다.

이바는 바닥에 주저앉아 바닷가에서 모래 장난을 하는

어린애처럼 보물 속에 손을 밀어 넣습니다. 그렇게 계속 재고 조사에 열중하고 있습니다.

그 순간 그 누구도 말 한마디 없습니다.

그는 웃습니다. 바다표범처럼, 즉위식이 열리는 방 한가운데에 드러누워 끔찍한 이끼층으로 뒤덮인 긴 이 두 개를 드러내며 턱이 빠지도록 함박웃음을 내보입니다.

과연 그 돈이 어디서 생겼을까요? 세상에서 가장 야비하고 가장 경멸스러운 이 쓰레기, 술을 못 먹어 생기는 격렬한 통증을 가라앉히려고 툭하면 돈 몇 푼을 훔치던 자가 지금 그 모든 돈으로 이 자리에 있습니다…… 국가에 헌납하러 온 겁니다…… 그리고 왕이…… 되는 겁니다! 엄청나군요!

돈이 어디서 났을까요? 훔쳤을까요? 보물이라도 찾은 걸까요?

곧바로 엄중한 조사를 실시했지만, 아무런 단서도 발견하지 못했습니다. 누구도 돈을 뺏긴 적이 없고, 강도를 만난 적도 없습니다…… 그렇다면? 그를 돌려보내는 일은 불가능합니다. 그럴 수가 없습니다. 방법이 없습니다. 그 사람은 왕이 됩니다. 그에게 왕관을 씌워야 합니다.

법령에 따라 24시간 후에 이바는 왕위에 올랐습니다.

귀족들과 군대와 하인들은 거의 모두 왕궁에서 빠져나갔고 청소부 몇 명만 남았습니다. 즉위식 마차가 뜰에 준비되었습니다. 이바는 도시의 주요 도로를 돌면서 신민, 그의 신민에게 자신을 보여주기 위해 마차에 올랐습니다. 정확히 정오에, 말이 발굽으로 땅을 긁는 소리를 가르고 새 왕이 왕궁에서 나옵니다. 오른손으로 술잔을 올려 소리 높여 웃습니다. 바다표범처럼 웃습니다. 칼처럼 생긴 두 개의 녹색 이로 무아지경의 미소를 짓고 있습니다. 눈에서는 불똥이 튀고, 더러운 털로 뒤덮인 얼굴은 세상에 태어나 한 번도 씻은 적이 없어 보입니다. 진흙과 오물 범벅인 옷은 넝마와 같고, 왕의 망토는 걸치지도 않았으며, 왕관을 쓰지도 않은 채 술잔을 들고 마차에 오릅니다.

즉위식 마차는 황금 장식술을 주렁주렁 매달고 은으로 제작하여 온갖 사치를 부린 요람 같습니다. 지붕은 진홍색이지요. 마구와 편자를 온통 황금으로 치장한 여덟 필의 말이 마차를 끌고 있습니다. 그리고 위엄을 과시하는 제복을 입은 시종 네 명이 말을 몰고 있습니다.

밖으로 나오자 환호도 야유도 없고, 저항이나 기쁨의 표시도 없습니다. 도시는 황량하고, 단 한 명의 시민도 새 왕을 맞이하지 않습니다. 굳게 잠긴 집들은 묵시록을 기다리는 것만 같습니다. 그런데 어떤 창문이 조심스럽게 열리더니 커다란 꾸러미 하나가 떨어져 새 왕의 머리 바로 위에서 산산이 부서져버립니다. 창문이 닫힙니다. 똥! 그리고 나서 도시의 모든 창문과 모든 집에서 똑같은 꾸러미가 왕에게 쏟아져 내립니다. 왕은 의연하게, 술잔을 높이 쳐들고, 짐승 같은 머리를 꼿꼿이 세우며, 미소를 잃지 않고 앞으로 나아갑니다.

그러자 도시 전역의 집집마다 창문마다 똑같은 꾸러미가 지극히 일정하게 보조를 맞추며 왕의 머리 위로 비처럼 떨어집니다. 시종들은 점차 폭우로 변하는 그 낙하물을 피하려고 말을 포기합니다. 말은 대가리를 숙이고 장례식 행렬처럼 아주 느리게 걷기 시작합니다. 마치 그 무례한 행위 때문에 돌이킬 수 없는 모욕감을 느끼고 능멸당했다는 듯이 말입니다. 행렬은 인도하는 사람 하나 없이 황량한 길을 따라 어두운 폭풍우 아래 느리게 이어집니다.

왕만이 태연하게 미소를 짓고 있었지만, 입이 가득 차 있어 미소는 이제 거의 보이지 않았습니다. 몸 전체에서 배설물이 뚝뚝 떨어지고, 높이 든 술잔은 오물로 계속 넘쳐흐릅니다.

페렐라 씨, 평범한 사람들만 그런 게 아니었습니다. 그렇게 하라고 특별히 임무를 할당받은 사람만 그런 것도 아니었습니다. 사실상 도시를 대표하는 귀족들도 본분을 내팽개쳤습니다. 손이 하얗고 우아한 이들은 앞서 말한 오물을 작은 꾸러미로 잘 포장한 다음 창문에 기대어 조심스럽게 던졌습니다.

지붕에서는 커다란 꾸러미들을 비워냈고, 삽시간에 새 왕의 길은 아주 탁하고 어두운 강이 되어버렸습니다. 어느 강이라도 그렇지는 않을 테지요.

마차가 왕궁으로 돌아왔을 때는 모두가, 마지막까지 버티던 하인마저도, 혼비백산하여 도망간 뒤였습니다.

이바는 왕좌로 올라가 앉았습니다. 그가 왕좌에 앉았다는 유일한 증거는 그 위에 남긴 흔적이었습니다.

즉위식이 열리는 방의 카펫, 수많은 즉위식에 사용한 왕전용 마차의 실내 장식, 그 모든 것을 불에 태워야 했습니다. 왕궁은 물청소를 했고, 도시 전체가 오물과 불명예를 씻어내기 위해 역시 며칠 동안 청소를 해야 했습니다. 일주일 동안 감히 창문을 여는 사람은 아무도 없었습니다.

이바는 혼자 왕궁에 있었지요. 그러는 동안 모든 이가 합심해 상황을 타개할 방법을 연구하고 있다가 마침내 찾아냈습니다. 이바가 평소 드러누워 잠을 자러 가곤 하던 축사가 있는데, 그 멀고 더러운 굴속에서 두 자루의 돈과 보석이 또 발견되었습니다. 이바가 왕위를 요구하기 위해 국가 계약 당일에 가지고 온 자루와 똑같았습니다. 이 범죄는 소송까지 할 필요도 없었습니다. 그는 국가 재산의 반을 사기 쳤으니까요. 형벌은 종신형이었습니다.

그렇게 엄청난 금액을 어떻게 마련했을까요? 그가 거주하던 성에서 레반트 출신의 은행가가 얼마 전에 세상을 떠났습니다. 프로방스 지방에서 사업을 벌이던 그 늙은 고리대금업자는 가진 게 돈밖에 없다고 했지만, 죽은 뒤에는 한 푼도 발견되지 않았습니다.

그 은행가가 이바에게 돈을 줬을까요? 아니면 그가 사망하자 이바가 그 신비로운 은행가의 집에 잠입해서 모든 걸 가로챘을까요? 어쩌면 그 늙은 고리대금업자도 왕이 되기를 간절히 바랐을지도 모릅니다. 그런데 죽음이 임박하자 이바의 손에 재산 전체를 쥐여주면서 자기 운명에 복수한 걸까요? 아니면 자기가 정직하지 못하게 조금씩 긁어모은 돈을 공공의 이익에 환원하고 싶었을까요?

이바는 단 한마디도 하지 않았습니다.

자, 페렐라 씨, 여기 나흘 동안 왕이 되어 나라를 혼돈과 수치에서 구출한 사람이 있습니다. 보십시오. 그 사람은 포도주로 가득 찬 주전자를 발에 매달고 있습니다. 국가는 그에게 언제까지라도 홀짝거릴 수 있을 정도로 포도주를 제공합니다. 그는 24시간에 100리터까지 들이켤 수 있습니다. 독방은 폐쇄되어 있고, 포도주는 도관을 따라 주전자로 흘러듭니다. 와서 보세요. 이것이 포도주를 조달하는 통이고, 이 사람은 보초입니다. 우리 포도밭에서 생산한 최고 품질의 포도주가 이 죄수 왕에게 돌아갑니다. 국가가 내리는 은총입니다 아마도 그는 행복할 겁니다. 힌때 왕관을 뒤집어씌운 배설물 속에 빠져 뒹굴고 있으니 말입니다."

빌라* 로자

* 건물을 지칭하는 단어로, 여기서는 정신병동을 가리킨다.

"페렐라 씨, 종교인들입니다. 콘클라베* 소속의 추기경 세 명입니다. 대례 미사가 있을 예정입니다. 이봐요! 이봐요! 조용히 좀 하세요!"

"언제나 그렇게 조용히 시킵니까?"

"목소리를 크게 내면 그렇습니다. 저 여자는 시에나의 성녀 카타리나**와 말을 나누고 있어요. 자, 페렐라 씨, 어서 앞으로 나가셔서 성체를 받으세요, 어서요. 그리고 무릎을 꿇는 예의는 갖춰주시고요…… 성체는 아침마다 새로 구워 배달됩니다. 그러면 제가 알고 있기로는 저 사람이 매우 조심스럽게 성합에 보존합니다. 이곳 성직자들 가운데 가장 선하고 가장 고상하며 친절한 사람입니다. 그 앞을 지나가

---

* 새 교황을 뽑는 전 세계 추기경들의 회의

** 이탈리아의 성녀 카타리나 Santa Caterina da Siena(1347~1380). 교황 그레고리우스 11세를 아비뇽에서 로마로 귀환시켰으며, 이탈리아 여러 도시 사이의 분쟁을 해결하는 데 공헌했다. 이탈리아의 신비주의 도미니코 수도회 출신의 수녀이자 수호성인이다.

기만 해도 그리스도의 삶을 다시 새길 정도랍니다. 부드럽고 평안하게 당신을 바라보는 그의 인상을 찬찬히 보세요. 그의 얼굴은 가장 순수한 미소로 빚어집니다. 누군가 급히 서둘러 가다가 그가 들고 서 있는 성체를 받지도 않고 지나친다면, 그의 얼굴은 고통으로 일그러지고 눈에서는 경건하고 경건한 자가 흘리는 두 줄기 눈물이 솟아납니다. 극심한 고통이지요. 그는 누구에게도 말을 걸지 않습니다. 질문을 받아도 대답하지 않습니다.

베로니카. 그녀는 모든 이의 얼굴을 닦아줍니다. 그러나 얼굴을 너무 가까이 들이대지는 마세요. 그녀의 손수건은 이미 젖어 있으니까요. 대개 12시간 내내 꼼짝도 하지 않고 손수건을 펼쳐놓습니다.*

성 베드로. 그분은 더는 천국의 열쇠를 갖고 있지 않습니다.** 오래전에 그걸로 간호사 머리를 부숴놓았거든요.

마리아 막달레나와 세례자 요한. 주의하세요. 원통형 용기에 물이 가득 차 있습니다. 누가 왔는데 준비해놓은 게 없다면 기분이 썩 좋지는 않겠지요.*** 마리아 막달레나가 너무

---

* 골고다 언덕을 오르며 땀과 피로 얼룩진 예수의 얼굴을 어느 신실한 여자가 손수건으로 닦아주었는데, 거기에 예수의 얼굴이 새겨졌다. '베로니카'는 그 여자 또는 손수건을 가리키는 말이다.

** 〈마태오 복음서〉 16장 18~19절에 나오는 내용. 예수는 제자인 베드로에게 천국의 열쇠를 준다. 그러나 이후 예수가 박해받을 때 예수를 세 번이나 부인했다(〈루카 복음서〉 22장 54~62절).

*** 〈마태오 복음서〉 25장 1~13절에 나오는 '열 처녀의 비유'에 빗댄 말이다.

많이 슬퍼하면 세례자 요한 발치에 있게 합니다.*

하느님. 그가 늘 두르고 있는 흑백 베일은 구름을 나타냅니다. 그는 베일을 두르고 펼치는 유희를 통해 자신을 드러내고 주변을 바라보며 사라졌다가 다시 나타납니다. 그의 형상은 사람들 머리 위로 뻗은 넓은 나무 그늘처럼 거룩합니다. 그 금빛 다발에서 사람들 위로 거룩한 온유함이 감미로운 액체로 흘러 내려옵니다. 하루는 성스러운 분노가 존재하고 하느님께서 불의에 분노하신다는 주교의 활기찬 목소리를 들었습니다. 그의 마음이 그 때문에 흔들리지는 않았습니다. 다만 자기 위로 드리워진 축복의 나무 그늘이 더는 보이지 않았고, 오히려 다른 사람들처럼 수난을 겪고 한을 품은 사람이 눈앞에 보였습니다. 주교가 그 말을 할 때 그의 눈에서 휙 날아오는 저 사탄의 불꽃을 보십시오. 그의 얼굴 근육을 일그러뜨리는 저 끔찍한 형상들을 보십시오."

---

* 마리아 막달레나는 예수가 십자가에서 처형당하기 전에 그의 발에 향유를 붓고 자기 머리카락으로 닦아주었다. 그녀는 예수의 죽음과 장례에서 시종일관 곁에 머물렀고 예수의 부활을 최초로 목격하여 제자들에게 소식을 전해주었다. 세례자 요한은 예수 탄생 전에 곧 세상에 예수가 온다고 말한 예언자로 사람들을 회개시켜 예수를 구세주로 맞을 준비를 했다. 이 둘은 성모 마리아와 함께 예수의 십자가 처형을 다룬 그림이나 조각에 가장 많이 등장하는 인물들이다. 예수의 발끝에서 슬퍼하는 두 여인은 어김없이 성모 마리아와 마리아 막달레나다.

"정치인들입니다. 왕이 어디 있더라…… 잘 알 수가 없네요. 저 나뭇조각 위로 비죽 튀어나온 것이 보이나요? 차르의 머리입니다. 정당이 이러니저러니 마냥 떠들어대는 무정부주의자인데 막상 정당이 무엇인지는 하나도 모릅니다."

"새로 생긴 정당이라 모르겠지요?"

"아마도요. 다른 병동으로 가봅시다. 다들 어지간히 거칠고 사납습니다. 이 건물에서는요, 페렐라 씨, 환자들을 단단히 결박해둡니다. 최고 수위까진 아니지만 거의 그 정도까지 말입니다. 지나치게 흥분해서 끈으로 묶어놓으면 환자는 상상을 초월하는 에너지를 허비하여 몸을 망가뜨립니다. 대개 무료 병동에서 볼 수 있는 현상이지요. 돈을 내는 곳이라면 자신의 실존을 소모하는 일은 절대 일어나지 않죠.

자, 이 사람은 자기가 인간이 아니라 주장하고, 다른 사람들이 뭔가 착각하고 있다고 확신합니다. 이 사람 생각엔 인간이란 무언가 다른 존재입니다. 하지만 그 무엇이 무엇인지는 말한 적 없어요. 자기 앞으로 오가는 사람들을 경멸과 조롱으로 바라봅니다. 넌 사람이라 믿는 거야, 그렇게 말하는 듯 보입니다. 아냐! 아냐! 아냐! 시간이나 계절의 변화에 맞춰 모든 이에게 아냐! 라고 광폭하게 내지릅니다.

적. 이 청년의 팽창한 두 눈을 자세히 들여다보세요. 이 사람은 내면에 적이 있습니다. 한시도 피하지 않고 적을 맞닥뜨려야 한다는 생각에서 모든 사람을 혐오와 불안에 찬 눈으로 쏘아봅니다. 눈은 감길 줄 모르고 휴식도 모르며, 그저 깨어 있어 앞을 바라볼 뿐입니다. 밖에서도, 등 뒤에서도 적이 다가올지 모른다는 두려움 때문에 자꾸만 뒤를 돌아보며 걸어야 합니다."

"적이 있다는 겁니까, 아니면 그냥 상상하는 겁니까?"

"정말로 존재할 수 있습니다. 아니, 확실히 존재할 겁니다. 아니면 오해의 결과일 수도 있고, 전적으로 상상의 열매일 수도 있습니다. 정말로 드문 경우지만, 가장 절실한 심리 상태라고도 할 수 있습니다. 그런 끔찍한 광기에 휩싸인 어떤 여자가 있었어요. 실제 존재하는 증오에 가득 찬 얼굴 때문에 항상 두려움에 질려 있었습니다. 어떤 이상한 순간, 자기 인생의 끔찍한 비밀을 그 얼굴에서 마주하게 되었습니다. 그 여자는 20년이 넘도록 그 얼굴과 부딪히지 않을까 하는 두려움 때문에 오랜 시간 극도의 불안감에 사로잡혀 살았습니다. 불안은 매일 눈에 띄게 자라났고, 오로지 이런 생각만 할 수 있었지요.

'정말 있어, 그 얼굴 말이야. 바로 오늘 내 앞에 나타나고야 말 거야!'

정작 그녀는 알아보지도 못하는 그 얼굴이 그녀 머리에, 의식에, 존재 전부에 자국을 남길 정도로 강한 충격을 가한 상태였습니다. 결국 20년이 지나서 그 얼굴을 어디서 만났는지 아십니까? 묘지에섭니다. 내 기억으로는, 묘비에 붙어 있던 어떤 사진이었던 것 같습니다. 굉장히 무서운 그 사진은 오래전에 죽은 사람의 것이었습니다. 그때 이후로 그녀는 정신줄을 놓아버렸고, 얼마 안 되어 죽었습니다. 20년 동안 그녀를 채우고 지탱하던 정신적 긴장이 일순간에 끊어지고, 삶의 이유를 상실해버렸겠지요. 엄청난 공허가 내부에서 자라나 그녀를 부숴버렸습니다."

"자살 광인. 이 사람은 유일하게 밤낮으로 감시를 받는 환자입니다. 한순간도 방심할 수 없습니다. 미쳐 날뛰다가도 어느새 동정심을 품게 만들어 자기가 미치지 않았다고 여기게끔 할 수 있는 환자거든요. 이 환자는 아주 재미있는 자기만의 철학이 있어요. 모든 것을 다 자살로 귀결시킵니다. 손으로 배를 가르고 머리를 바닥에 잔인하게 찧어 자살을 시도했습니다. 질식사를 시도하며 숨을 쉬지 않으려 해서 네 명이 달려들어 억지로 입을 벌리게 한 적은 셀 수도 없습니다. 단 2초도 혼자 내버려 둘 수가 없고, 밤이나 낮이나 감시합니다. 정해진 산책을 나가서, 어쩌다가 세상 가장 온순한 사람처럼 이야기하더라도, 건장한 남자 두 명이 손목을 꼭 쥐고 있어야 합니다."

"혼자 두면 곧바로 죽게 될까요?"

"순식간이죠. 발광하며 창문에서 몸을 던졌을 때 다리를 간신히 붙잡은 적도 있습니다."

"안녕하세요, 반갑습니다. 이번 주 신문에서 당신 기사를 읽었어요. 연기 인간이라던데요, 사실인가요? 요즘 들어 당신한테 부쩍 흥미를 느낍니다. 하지만 죄송하게도 제 마음의 반도 보여드리지 못하겠네요. 물론 당신의 장점은 정말 대단해서 엄청난 뭔가를 할 능력이 있겠지요. 그러니 말 그대로 태울 수 있는 불을 준비해야 했겠지요. 당신은 나와 똑같은 상태에 있어요. 소심한 우리 아버지는 내가 허공에 몸을 던졌을 때 발목을 붙잡았습니다. 당신은 땅에서 1미터쯤 되는 높이의 허공에 멈춰 있다고들 하더군요. 당신은 하느님을 사랑하나요?"

"우리가 조금 전에 봤던 그 사람 말인가요?"

"아니요. 그 사람은 바보 멍청이고요. 하느님 말입니다, 하느님이 뭔지 모르세요? 하느님은 무無입니다. 사람들이 만든 완전체입니다. 사람들은 무에 말을 부여하고 싶어 했죠. 결과적으로 무엇이 되게끔 한 거지요. 당신처럼 말입니다. 당신은 여전히 사람이고 어떤 무엇입니다. 연기는 무가 아니에요. 연기는 연기지요. 마찬가지로, 아무것도 아닌 존재이신 하느님은 이제 아무것도 아닙니다. 하느님일 뿐이지요. 당신은 사람들에게 충분히 일종의 하느님일 수 있을 겁니다. 사람들은 천이나 돌에 새길 수 있는 어떤 무를 필요로 합니다. 그리고 하느님께 빕니다. 왜 그런지 아세요? 하느님을 가능한 한 멀리 두려 하기 때문입니다. 악마가 땅보다 위에 있다면 악마가 사람들의 하느님이 될 겁니다. 사람들은 결코 죽음을 원하지 않습니다. 죽음을 예외적인 경우로 생각합니다. 누군가가 옆에서 죽으면 사람들은 그걸로 끝이라고 생각하지 않습니다. 사람들은 죽은 자를 어깨에 둘러멘다든가 다른 수단을 동원해서 옮깁니다. 그리고 죽은 자를 내려놓고 다시 들어서 옮기고 또다시 내려놓고, 그러기를 자꾸 반복해서 모든 사람이 죽은 자를 볼 때까지 행진을 멈추지 않습니다. 아시겠지만, 천한 짓입니다. 사람들은 악취를 풍기는 죽은 자를 피곤한 기색도 없이 어깨 위에 올려놓고 있습니다. 그리고 주변에 널리 소리를 질러대면서도 목이 마르는 법이 없습니다. 사실은 말입니다, 페렐라 씨, 사람들은 태어나는 순간부터 자기 몸이 내뿜는 시신의 악취를 맡습니다. 갓 태어난 몸이 하늘빛과 장밋빛* 넝마 조각으로 다시 덮여서 다른 곳도 아닌 바로 그 묘지에서 나오는 꽃과 향기에 질식합니다. 악취를 더 맡게 되는 거지요. 나중에 누군가 죽으면 아주 꼼꼼하게 여미고 묶습니다. 그러면 아주 편안하겠지요. 공기를 탁하게 만드는 악취가 그 시신의 전부라는 사실을 다들 아니까 말입니다. 그렇게 최대한 틀어막고, 시신을 위로 쳐든 채 악취를 다음 시신으로 전이시키기 위해 순회를 합니다. 시신은 부풀어 오르고 또 부풀어 오릅니다. 사람들이 지극히 만족할 만한 표현대로 하자면 말입니다. 느껴집니까, 사람들은 서로 얼굴을 맞대고 말합니다. 우리가 이리저리 옮기는 이 끔찍한 악취가 느껴집니까? 공기에 독을 퍼뜨리는 이 무례함이 느껴집니까? 정말 비난할 일 아니겠어요? 그래도 우리 모두가 그렇지는 않을 겁니다. 다들 알았으면 합니다. 우리가 어깨 위에 얹고

* 각각 남자 아기와 여자 아기를 상징한다.

있는 것은 우리가 아니라 그 시신, 바로 그 악취를 풍기는 시신일 뿐입니다.

사람들은 하느님께 다가가려고, 하느님을 교묘하게 속여 조롱하려고 탑을 엄청나게 만들어 바쳤습니다. 친애하는 페렐라여, 그 탑은 때로 하느님이 사람들 머리에 떨어뜨리는 번개를 피하는 용도로 쓰입니다. 탑은 사람들이 하느님께로 떠나는 여행의 출발역이라, 매 순간 거기서 위로 도약하려 합니다. 아아! 알코올을 들이붓고 다이너마이트를 몸에 두른 너무나 많은 사람이 중요한 의식을 치르는 군중 한가운데서 폭발을 일으켜 분신합니다. 그리하여 도처에 불을 퍼뜨립니다."

"그 사람을 묶으세요! 사전 대응이 필요합니다. 낯선 누군가를 보면 꼭 흥분해서 갑자기 발작을 일으킬 수 있어요. 왕자께서 페렐라 씨를 접견하실 만큼은 되어야 합니다. 우리는 당신을 고의적인 정신병자, 또는 아마추어 정신병자, 또는 더 정확히 말하면, 상당히 의식적인 정신병자인 차를리노 왕자와 만나게 할 겁니다. 그야말로 정신병을 위해 구축된 내면이라 할까요. 하지만 그걸 정당화할 구실을 아직 찾아내지는 못했어요. 그는 조증*이 없어요. 광기 그 자체를 위한 광기, 고상한 전염병이라고 할까요. 왕국에서 제일 돈이 많은 사람이기도 하고, 왕이 될 수도 있습니다. 그는 자기 재산을 자기가 원해서 거주하는 이 병동에 쏟아부어요.

* 조울증에서 흥분되고 즐거운 상태인 조증 양상을 가리킨다.

전적으로 자기만 전담하는 스물 내지 스물다섯 명을 거느린답니다. 새로 만든 작품을 무대에 올리기 위한 일종의 극단과도 같지요. 수많은 환자가 그의 도움을 받습니다. 그 환자들 사이에서는 선택받은 사람이지요. 그들을 후원하고 선물을 수북하게 쌓아놓기도 합니다. 그들의 조증 치료를 돕기도 해서 혹시나 같은 증상을 앓고 있는가 싶지만, 확실히 밝혀진 조증은 없고, 그저 자기가 원하는 방식으로 원하는 때에 광기를 느낄 수 있습니다."

"왕자가 페렐라 씨를 열렬히 기다리고 있습니다. 곧장 들어가도록 하시죠."

"오! 친애하는, 친애하는, 친애하는 친구여! 당신의 귀한 발걸음에 진심으로 감사하는 바입니다. 무엇보다 먼저 당신을 가까이서 뵐 수 있게 해주셔서 감사합니다. 며칠 전부터 당신께 지대한 매력을 느꼈습니다. 나는 당신에 대해, 당신의 일에 대해 언제나 듣고 있었고, 만나서 이야기를 나눌 수 있는 시간을 고대하고 있었습니다. 물론 당신은 모든 이를 매료시켰습니다. 정신병원에 갇히는 행운을 누리지 못하는 사람들은 매우 쉽게 놀라워합니다. 공중을 날아다니는 파리를 보고 사람들은 오! 에! 우! 이! 아! 라고 합니다. 당신은 항상 이런 모음을 듣겠지요. 이 안에서는 굉장히 다릅니다. 여기 있는 사람들은 쉽게 지치는 법이 없고, 사용할 가치가 없는 일이라면 결코 두뇌를 낭비하지 않습니다.

사람들이 내가 자발적인 정신병자라고, 정신병을 취미로 하는 아마추어 정신병자라고 말했을 것 같은데, 사실인가요? …… 내가 미친 자들 가운데 가장 미친 환자라고 말입니다! 아무래도 좋아요. 관심 없습니다. 사람들 말에 신경 쓰지 않아요. 나는 여기 모든 환자와 얘기하면서 당신의 진정하고 위대한 의미, 뛰어난 가치를 이해하기 위해 애를 썼습니다. 당신을 이해할 준비가 전혀 돼 있지 않아서 극도로 고통스러웠습니다. 그러나 언젠가 이해하리라는 점을 염두에 두시기를 바랍니다. 다양한 두뇌의 다양한 계기를 포착할 필요가 있습니다. 밖에서는 그 유명한 아! 에! 이! 오! 우! 만으로 사람들 입을 딱 벌어지게 만들지만, 이 안에서는 그런 일로는 하나도 놀라지 않습니다. 그런 건 이곳에서 가장 단순하고, 가장 진실하고, 가장 공정한 표현으로 정의합니다.

우리는 이곳을 방문하는 모든 이들을 우둔하고 불쌍한 시선으로 바라봅니다. 그들이 신중하게 내뱉는 무지몽매한 말을 대단히 무거운 마음으로 들어봅니다. 얼빠진 소리를 심오한 무엇인 양 떠들어대는데, 심오한 척하느라 얼빠진 소리를 떠들 필요가 있는 겁니다. 그들은 우리가 구제 불능이라 생각하고 불쌍하게 여기면서 자신의 빈약함을 불 보듯 뻔히 드러내는 단어를 사용합니다. 오! 그들이 부디 미치지 않고 내내 평온하기를! 정신병자가 되려면 딱 하나만 있으면 됩니다. 위대하고 강력하며 환상적인 두뇌! 그런데 사실 그들의 두뇌는 벼룩의 두뇌만도 못하지요. 여기 있는 분들은 단 하나의 망상을 위해 전 재산을 써버렸던 억만장자들, 위대하신 분들입니다. 그들은 야심을 채웠기 때문에 행복합니다. 그들이 돈으로 살 수 있었던 것들이 인생을 가득 채웁니다.

페렐라 씨, 나는 왕이 될 수도 있었을 겁니다. 그러나 이 주일이 지나고 나니 그저 왕이 되기를 원했던 왕이 될 거라는 느낌이 들었습니다. 나는 이 안에서 지성인의 삶을 삽니다. 그것이 나를 모든 것으로 만들어줍니다! 사람들은 나더러 미쳤다고 말합니다. 다 좋습니다. 뭐가 중요합니까. 난 정신병원이란 곳에 와서 거주하고 있습니다. 그러니까…… 다른 사람들이 원하는 것처럼 내가 미친 건 아니라는 사실을 잘 생각해주세요. 나는 내가 원하는 대로 미친 겁니다. 이것이 나의 체계예요. 정신병자는 자기가 무엇을 어떻게 한다고 결코 예고하지 않습니다. 나는 반대로 늘 모든 것을 예고합니다. 예를 들어 이렇게 말합니다. 이제 고음의 비명을 여든여덟 번 지를 것이다. 다른 정신병자라면 두 번째 또는 세 번째 비명에 이미 몸이 묶이게 될 겁니다. 그러나 모두 나의 폐활량 연습을 받아들이고 같이 준비합니다. 물론 여든여덟 번째 비명에서 멈춥니다. 공공의 안녕을 위해서지요.

일주일에 한 번 이상 나는 교황의 축원을 전하는 기쁨을 누립니다. 밖에서는 이런 활동이 거의 불가능했습니다. 불가능했다고 믿으세요. 다들 바닥에 엎드립니다. 그러한 종교와 예배의 한가운데서 나는 목장牧杖*을 쥐고 주교관主教

---

* 가톨릭에서 고위 성직자들이 휴대하는 지팡이. 품위와 권위를 상징한다.

관*을 쓸 수 있습니다.

나는 모든 이들 앞에서 벌거벗고 나를 드러내기를 좋아합니다. 그러면 나는 왕이고, 대장장이이며, 거미이고, 책상이며, 태양이고, 달이며, 나를 행복하게 하는 모든 것입니다. 어느 날 밤 나는 혜성이었습니다. 마을의 두 탑 사이에서 전기 탐조등이 비추는 내 은빛 옷자락이 밤새도록 저 위에 남아 반짝거리는 게 보였을 겁니다. 나는 진정으로 혜성이라 느꼈어요. 더는 사람이 아니었어요. 아무것도 아니었고, 나는 별이었어요. 아래에서 사람들이 하는 말을 다 들었어요. 모든 환자와 간호사의 반응을 관찰하고 한데 모았지요 그러면서 땅에서 정말 멀리 있다는 느낌이 들었어요. 하늘로 높이높이 오른다는.

나 자신이 마음속에서 '혜성'이라는 제목의 시 한 편으로 존재한다는 감정을 충실히 받아들였습니다.

친애하는 친구여, 이제 좀 말해주세요. 내가 75미터 길이의 은빛 옷자락을 끌며 길 한 가운데로 나아갈 수 있을까요? 들키자마자 잡혀서 묶이고 미친 자 다루듯 이 안에 갇힐 텐데요."

---

* 가톨릭에서 주교가 의식 때 쓰는 모자

델포와 도리

"페렐라 씨, 아담한 이 두 마을은 주변에서 가장 우아한 곳입니다. 이 넓은 강 양쪽 둑에서 서로를 사랑으로 보살피며 형제애 가득한 삶을 살아갑니다 얼마나 완벽한 대칭을 이루고 있는지 잘 보세요. 두 개의 똑같은 탑, 두 개의 똑같은 교회, 똑같은 수의 첨탑, 그리고 지붕마다 똑같은 수의 기와가 있고, 집집마다 똑같은 수의 창문이 있습니다. 그들은 무척 온화하고 평화롭게 살고, 강물은 깨끗하고 고요하게 중앙을 가로질러 흐릅니다. 밤에는 청명한 달 덕분에 양쪽 강둑에서 벌어지는 뱃놀이를 보실 수 있습니다. 젊은이들은 서로 만나 인사하고 매우 예의 바른 말과 친절한 인사를 주고받습니다.

그들은 기쁨 가득한 노래를 부르며 길을 따라 걸어 미래의 신부가 될 사람을 만나러 갑니다. 델포의 사람들은 도리에서 동반자를 선택하고 도리 사람들은 델포에서 동반자를 선택하는 게 관습입니다. 그러나 이렇게 아름다운 평화가 언제나 흘러넘쳤던 건 아닙니다. 마지막 부드러운 파도가 일렁거리며 바다로 흘러드는 이 강은 어느 날 너무나도 쓰디쓴 환약이 되어 사람들의 속을 뒤집어놓았습니다. 이 강은 굉장히 이상한 전쟁이 벌어지는 곳이 되었습니다.

그날 이후로 델포에는 도리 사람들이 거주하고, 도리에는 델포 사람들이 거주하게 되었답니다.

두 마을은 서로를 증오했습니다. 델포 쪽 강둑에 관목 하나 심으려면 델포 쪽 강둑에도 비슷한 나무를 심어야 했습니다. 기와 하나조차도 저쪽에서 난폭한 사고로 떨어지지 않는 이상, 이쪽에서는 손도 대지 못했습니다.

어느 날, 이 두 마을에 엄청난 폭풍우가 몰아닥쳤습니다. 도리의 작은 집들 위로 번개가 여덟 번도 더 넘게 떨어졌는데, 애도할 희생자는 한 명도 생기지 않았습니다. 벌은 면했지만 두려움에 질린 불쌍한 마을 사람들은 감사의 뜻으로 성모 마리아를 위한 탑을 하나 세우기로 했습니다. 그리고 탑 꼭대기에 성모 마리아 상을 올리기로 했습니다. 그 탑이 당신이 지금 보시는 겁니다. 탑이 지붕 높이에 이르자마자 델포의 파수꾼들 눈에 띄어버렸습니다. 처음에는 사람들 떼거리를 주시하다 이내 건축물이 올라오는 것을 알아챈 것이지요. 이 마을 사람들은 노발대발했습니다. 과연 무슨 일을 벌였을까요? 그들도 탑을 올렸을까요?

하지만 때는 이미 한참 늦은 뒤였고, 그때 시작해도 완공은 맞은편 마을보다 훨씬 늦어질 터였습니다. 더욱이 델포에는 벼락이 떨어진 적도 없으니 성모 마리아에게 감사할 일도 없었습니다. 게다가 일단 일을 시작하면 어느 마을이

탑의 마지막 돌을 얹을 것인가, 다른 쪽은 여전히 일을 더 연장하게 되지 않을까 하는 두려움이 있었습니다. 과연 언제 일을 끝내게 될까요? 증오와 복수의 탑은 어느 높이까지 도달하게 될까요? 새로운 바벨탑 두 기를 쌓아 올리느라 땅의 균형이 흔들리지 않았을까요? 탑 건설을 끝내야 했습니다. 훨씬 더 신속한 방법이 필요했습니다. 그런데 도리에서는 피곤을 무릅쓰고 탑 건설을 추진한 반면, 델포에서는 종류가 다른 건물과 시설을 만들기 시작했습니다. 배와 뗏목, 부선거浮船渠*와 왕복선, 노와 닻을 만들었습니다. 그들은 증오의 누런 강물을 한 번도 건넌 적 없었습니다만, 이제 그럴 시간이 된 겁니다.

도리는 날이면 날마다 그 멋진 탑을 탄탄히 쌓아 올리며 늠름한 남성적 면모를 과시하곤 했습니다. 반면 델포의 깊숙한 곳에 감춰진 흉측한 놈이 꿈틀거리고 있었으니, 바로 전쟁이었습니다.

배, 선거, 소형선, 노, 닻, 모든 것이 삽시간에 준비되었고, 운명의 밤이 왔습니다.

델포 사람들이 강에 배를 서서히 띄웁니다. 모두가 단단히 준비하고 팔을 맹렬하게 휘두르며 마을 전체를 가로질러 도리로 잠입합니다. 평온하게 깊은 잠이 들어 있던 도리 사람들은 누군가 문을 쾅쾅쾅쾅 두드리더니 이내 문과 창문을 때려 부수는 소리를 들었습니다. 너무 놀랍고 무서워

* 선체를 물 위에 띄워 수선할 수 있게 하는 설비

서 이부자리를 박차고 일어나 벌거벗은 채로 도망쳤습니다. 그런 갑작스러운 공격을 방어할 어떤 준비도 힘도 없었던 거죠.

모두 비명을 지르며 도망치자 델포가 도리를 완전히 접수해버렸습니다.

도리는 어쩌다가 맞은편 야비한 마을이 그렇게 비열한 침략을 하리라 예견하지 못했을까요? 어쩌자고 그런 극악무도한 자들을 방어할 준비도 하지 못했을까요? 다들 이리저리 뛰며 절망의 포로가 되어 도망을 쳤습니다. 그렇게 도망을 치다가 모두 강둑으로 몰려들었습니다. 일부는 강물로 몸을 던졌을 것이고, 일부는 강을 따라 멀리 달아나 살아남았을 겁니다.

도리의 모든 집은 이제 적의 수중에 들어갔습니다. 그곳에 살던 사람들은 강을 따라 흩어졌습니다. 강은 배와 뗏목, 거룻배로 붐비고 있었습니다. 이런 광경을 보고 어떤 생각이 머리를 스치고 지나갔습니다. 그들은 두려움에 떠밀려 배에 몸을 싣고 있는 힘껏 노를 저어 맞은편 강둑에 도달했습니다. 델포는 텅 비어 있더군요. 단 한 명도 남아 있지 않았고, 문은 전부 활짝 열려 있었으며, 창고에는 음식이 남아돌았고, 침대는 누워 쉬기에 딱 좋았습니다. 방금 떠났던 마을과 완전히 똑같은 마을이었습니다. 도리 사람들은 델포에 정착했습니다.

새벽에 델포 사람들이 두 마을을 다 장악했다고 생각하며 의기양양 강가로 돌아왔을 때만 해도, 도리 사람들이 아주 멀리 떠나서 다시는 돌아올 엄두도 내지 못하리라 믿었습니다. 그런데 자기들이 타고 온 배를 단 한 척도 발견할 수 없었습니다.

무슨 일이 일어난 걸까요? 아무 일도 일어나지 않았습니다. 두 마을 모두 상대 마을을 점령한 것뿐이었습니다. 전쟁은 더는 승리일 수 없었습니다.

그들은 그렇게 남았습니다. 아무도 맞은편 마을을 시기할 수 없었습니다. 작은 배가 맞은편 마을을 오가며 관심과 애정 어린 관계를 이어갔습니다. 이후로도 두 마을은 그런 관계를 계속 유지했다고 합니다."

"내일 아침 10시에 페렐라 씨는 연병장에서 군대를 사열할 것입니다."

알로로의 최후

황혼 녘에 페렐라를 태운 마차와 수행단이 왕궁으로 돌아오고 있었다. 그런데 너무도 황당한 일이 벌어져서 모두가 아연실색하는 상황이 벌어졌다.

왕궁 하인들의 우두머리인 알로로가 간밤에 사라졌다. 그가 왕의 침소를 담당하고 있던 까닭에 그의 부재는 아침에 곧바로 알려졌다.

다들 그의 방으로 달려갔다. 방은 잘 정돈되어 있었고 침대도 깔끔했다. 노인은 거기서 자지 않았음이 틀림없었다.

알로로에게는 도시에 사는 딸이 하나 있었다. 딸은 아버지가 쉬는 때마다 찾아오곤 했다. 그래서 다들 딸네 집으로 달려갔지만, 딸은 아무것도 모르고 있었다. 이틀 전부터 아버지를 보지 못한 그 가엾은 처녀는 순식간에 너무나 상심하여 아버지가 뭔가 대단히 어리석은 일을 저지르지 않았을까 두려워했다. 이틀 전 마지막으로 왔을 때도 아버지가 평소에 비해 너무나 들떠 보여서 당황하기도 했었다. 미친 사람처럼 웃던 아버지는 뭔가 자기만의 생각에 빠진 듯 보였다. 그러다가 초조한 모습을 보이기도 했다.

아버지는 보통 평온하고 침착했는데 불안에 휩싸여 잠시도 가만히 앉아 있지 못하고, 그러다가 벌떡 일어나 창문으로 가서 맥 놓고 밖을 바라보곤 했다. 다른 사람들이 하는 말을 듣지 않았고 말의 흐름을 자꾸 잃어버렸다. 또 복권 1등 당첨을 예견하는 사람처럼 들떠서 만면에 미소를 짓고 어깨를 움츠리면서 두 손을 아주 재빠르게 마주 비비곤 했다.

사람들은 도처로 그를 찾아다녔다. 어떤 이유로 숨어 있는 것일까? 식사 시간에도 나타나지 않았다. 어떤 임무를 수행하다가 무슨 병에 걸린 건 아닐까? 어떻게? 어디서? 그는 벌써 일흔이었고, 그런 일은 얼마든지 가능했다. 구석구석 샅샅이 뒤졌지만 소용이 없었다. 이번에는 지하 감옥과 지하 창고, 오래된 무기고, 버려진 감방으로 수색을 확대했다. 그러다 드디어 마지막으로 지하 납골당에 이르렀다. 왕궁의 한쪽 모퉁이에 서 있는 큰 탑의 바로 아래에 있는 곳이었다. 납골당은 닫혀 있고, 문은 안으로 잠겨 있다. 그런데 코를 찌르는 듯한 연기가 눈에 보이지도 않는 빈틈으로 아롱아롱 새어 나와서 자극적인 냄새가 퍼진다. 거대한 곡괭이를 가져다가 천신만고 끝에 간신히 문을 부숴버린다. 맹렬한 안개, 가공할 만한 자욱한 연기가 구경꾼들을 휘감자 다들 반쯤 눈이 멀어 뒤로 물러선다. 연기가 조금이라도 걷히기 전에는 들어갈 수가 없다. 이윽고 옅어진 연기가 넓게 퍼지기 시작하자마자, 사람들이 다시 입구를 덮친다.

지하의 거대한 납골당 아래, 옅어지는 연기 사이로 사람들은 사물을 구별하기 시작한다. 중간에, 바닥에, 넓게 평평하게 퍼진 잿더미 사이로 아직 여기저기 석탄불이 붙어 있고, 바닥에서 2미터쯤 되는 천장에는 쇠사슬 하나가 늘어뜨려져 있다. 거기서 십자가 형태로 까맣게 탄 몸통이 대롱대롱 매달려 수평으로 천천히 비틀리며 흔들리고 있다. 함부로 이어 붙인 두 개의 나무 기둥처럼 보이지만 사실은 누군가의 잔재일 뿐이다. 알로로.

곧바로 이 일을 왕에게 보고했고 온 왕궁에 알려졌다. 사람들은 모두 벌벌 떨었고, 온 힘을 다 짜내며 자초지종을 듣고 있던 불쌍한 왕비는 마침내 외마디 비명을 지르며 정신을 잃고 말았다.

몇 분이 지나 모두가 어둠침침한 지하, 아직 완전히 꺼지지 않은 재와 숯 주변으로 모여들었다. 마치 수평으로 균형을 잡기 위한 듯 천천히 꼬이며 흔들거리는 그 매달린 사람의 잔여물을 생경한 분위기 속에서 바라보았다.

왜 그 사람은 인생을 그렇게 비참하게 끝내고 싶었을까? 어떤 이유로 그렇게 절망적인 발길로 자신을 내몰았을까? 이유를 찾아낸 사람은 아무도 없었다. 더욱이, 그렇게도 참혹한 방식으로 삶을 마감한다는 생각을 어떻게 할 수 있었을까? 다들 망연자실하여 주변을 둘러보았다. 저마다 머릿속에서 기괴한 상상을 하고 이따금 그 망상을 다른 이들과 나누기도 하면서. 작고 토실토실 살이 찐 어떤 사람이 작은 손을 둥근 배 위에 얹고 자꾸만 몸서리를 치며 부들부들 떠는 모양새가 마치 등이 너무 가려워 옷 위로 긁고 싶어 하는 듯 보였다.

지하의 풍경은 을씨년스러웠다. 공기는 더웠고, 매캐한 연기 냄새가 아직 완전히 사라지지 않았으며, 바닥에는 하얀 재가 소복하게 깔려 있었고, 침묵 가운데 수군거리는 소리가 이따금 들려왔다.

밤이 되었고, 더는 주변의 아무것도 보이지 않았다. 납골당 구석마다 횃불이 밝혀졌다.

굉장히 굵은 사슬이 천장의 고리에 매달려 대롱거렸다. 아래로는 더 가는 사슬이 겨드랑이 아래 가슴을 칭칭 감고 있었다. 이제 몸이 완전히 숯이 되었기 때문에 두개골의 무게는 시신의 목 아래 나머지 부분과 완전히 균형을 이루어 전체가 수평을 이루었다. 손과 발은 없었고, 다리는 두 개의 뾰족한 횃대처럼 변했으며, 활짝 벌린 팔은 조각난 밑동만 남아 있었다.

그는 틀림없이 적잖은 나무를 힘겹게 쌓아 올렸을 것이다. 작은 사다리나 무릎 받침대를 딛고 올라갔을 테고, 몸을 감고 있던 사슬을 천장에서 내려온 사슬에 연결했을 것이며, 그러고 나서 어떤 식으로든 나무에 불을 붙였을 것이다…… 그렇게 꼼짝하지 않고서…… 소시지처럼…… 죽음을 기다렸을 것이다.

일말의 후회 없이 그런 긴 준비를 어떻게 이어갈 수 있었을까? 불꽃이 처음 그의 몸을 스치며 핥을 때 어떻게 사슬을 벗지 않을 수 있었을까?

의혹을 풀도록 설명해줄 편지 같은 것은 발견되지 않았다…… 아무것도. 노인은 말 한마디 남기지 않았다.

머리를 풀어헤친 젊은 여자가 숨이 넘어가도록 헐떡이며 들이닥치는데, 도저히 잡을 수가 없었다. 그녀는 자기를 잡으려는 연민에 찬 손길들 사이로 파충류가 미끄러지듯 달아났다. 눈길은 거칠다. 납골당 입구에 도달한 그녀는 입을 쩍 벌린다. 마치 우주의 모든 기운을 한숨에 빨아들여 울부짖음이 세상 전체를 집어삼키고 하늘까지 닿을 듯이.

"아버지! 아버지! 바보예요, 바보! 무슨 짓을 하신 거예요! 무슨 일을! 바보예요, 바보! 생각도 못 했어요! 페렐라처럼 될 수 있다고 생각하셨나요?"
"페렐라! 페렐라! 페렐라!"

모두가 외친다. 그때까지 아무도 페렐라와 이 사건의 연관성을 알아채지 못했다. 이제 각자가 자기식으로 생각하고 유추하고 상상하며, 사건을 추론해본다.

"페렐라! 페렐라! 페렐라! 페렐라!"
"무슨 짓을 하신 거예요! 어째서 내 아버지예요? 왜 하필 내 아버지여야 했나요? 어째서 나를 떠나신 거예요? 왜 우리 두 사람의 인생을 끝내고 싶으셨던 겁니까?"
"페렐라! 페렐라! 페렐라!"

모두가 외친다. 여자는 심하게 흐느끼고 몸부림치며 괴로워한다.

"페렐라를 흉내 내고 싶으셨어요?"
"가능하지 않아요!"

"어째서 가능하지 않지요? 지극히 가능해요. 연기가 되고 싶으셨던 거라고요!"

"하지만 숯만 남았군요."

"불쌍한 여인이여, 말씀해보세요. 왜 그런 생각을 하게 됐습니까?"

"제 말은요, 페렐라 그 사람이 여기 왔을 때부터 나의 가엾은 아버지가 미쳐갔다는 겁니다! 며칠 전, 한번은 아버지가 자기가 미칠 거라고 말하긴 했지만 이렇게까지 하리라는 생각은 도저히 못 했어요! 아버지는 미쳐서 그 괴물을 우러러봤답니다. 우리한테 재난을 몰고 온 그 괴물을 말입니다."

"재난이라고? 재난이라고?"

모두가 점점 더 놀라워하며 되뇐다.

"재난이라고?"

"그래요, 재난이요! 살인자! 아버지는 그 사람 때문에 죽었어요! 아버지는 버릇처럼 말했어요.

'어떻게 연기가 될 수 있었을까? 어떻게 한 걸까?'

그리고 어느 날엔 이런 말도 했어요.

'나도 그 사람처럼 되고 싶구나!'

그런 생각만 해도 좋은지 웃곤 했어요. 아! 하지만 아버지가 설마 이렇게까지 하리라고는 짐작도 못했어요. 난 언제나 이렇게 대답하곤 했지요.

'우리가 불에 타면 그 사람처럼 된다고 믿으세요? 미쳤어요! 미쳤어!'

이렇게도 말했지요.

'아버지가 불에 타면 죽을 거예요. 그리고 나도 너무 고통스러워 죽고 말 거예요!'

아, 아버지! 아버지!"

추측은 너무나 다양했다. 페렐라와 이 사건의 연관성을 전혀 믿지 않는 사람들도 있었지만, 수도 없이 많은 긴밀한 계기가 있었다고 보는 사람들도 있었다. 페렐라와 알로로가 은밀한 대화를 나누는 모습이 여러 번 목격된 것은 사실이다. 페렐라는 알로로에게 임무를 맡기기도 했고, 알로로는 페렐라의 충직한 사람이 되어 기쁨과 질투를 한 몸에 담고 그를 섬겼다. 그런 기쁨과 질투는 왕조차도 주지 못한 것이었다. 혹시 페렐라가 어떤 근거 없는 공상을 알로로의 머리에 주입한 것은 아닐까?

"그렇다면 아버지는 페렐라의 유언비어에 속은 게 아닐까요."

한 사람이 유난히 엄숙한 어조로 끼어들었다.

"그게 무슨 말이죠? 무슨 말이냐고요? 자기 몸에 불을 질렀는데 유언비어라는 말인가요? 말도 안 돼요."

배가 엄청 많이 나오고 열기와 연기로 얼굴이 벌겋게 익은 누군가가 말했다.

"자기 몸에 불을 질렀어요!"

이번에는 키가 아주 작은 사람이 염소 목소리로 노래하는 가수처럼 가느다란 목소리로 말했다. 바늘 같은 콧수염을 하고, 아주 조그만 코 위에 금테 안경을 걸치고 있었다. 콧잔등이 특히 날카로워서 칼날처럼 보였다.

"미쳤어! 미쳤어!"
"이제 그만합시다!"

인물 좋은 어떤 공무원이 점잖게 제지했다.

"사람은 다른 사람에게 길을 제시하는 법이오!"

그 가느다란 목소리가 지지했다.

"네로 시대처럼, 네로 시대처럼 말이오!"

그리고 실실 웃었다.
누군가 페렐라가 알로로의 분신에 적극적인 역할을 했다고 다시 주장했다. 페렐라가 노인을 사슬에 묶었을 것이고, 미쳐버린 노인은 그렇게 하라고 내버려 뒀을 거라며.

"그렇지 않으면…… 누가 알겠어……."

키가 크고 말라빠진 사람이 사각형 머리를 흔들면서 말한다. 짧게 깎은 회색 머리카락이 눈썹 바로 위부터 자라나 있었다. 전형적인 범법자의 모습이다.

"누가 알겠냔 말이오…… 지난밤이든 오늘 아침 새벽이 오기 전이든 저 아래서 일어난 일을 누가 들을 수 있었겠나?"

이런 추정이 난무하는 가운데 페렐라와 수행원을 태운 마차가 왕궁 뜰로 다시 들어섰다. 페렐라는 곧장 지하 납골당으로 향했다.

"보이세요? 무슨 일을 저질렀는지 보이냐고요? 연기에 그을린 이 늙다리 두꺼비 같으니라고! 당신이 아버지를 죽였어!"

여자는 입을 다물었고, 주변에 있던 사람들은 페렐라가 무슨 말을 하는지, 그의 말을 간절히 바라며, 숨을 죽이고 바라보았다. 페렐라는 침착하고 평온하게 사슬에 매달려 대롱거리는 사람을 바라보았다. 몇 분 동안의 압도적인 침묵이 지나자 그가 부드럽게 내쉬는 한숨과 함께 세 단어가 입에서 새어 나왔다.

"가벼워지고 싶었던 거요."

궁극의 편안함이 느껴지는 문장이었다. 페렐라는 부드러운 표정으로 자살의 현장, 죽음의 무대를 바라보았다. 모여 있던 사람들은 놀라고 분개하여 모두 한목소리로 떠들어대기 시작했다.

왕의 수행원이 페렐라에게 정중하고 공손하게 다가갔다. 그리고 최고의 예의를 갖춰 조심스럽게 마치 다시 생각해주십사 부탁하는 듯 말했다.

"가볍게 되는 건…… 좋은 일입니다만…… 하지만…… 이 사람은 제가 보기에 자살하려던 거였습니다! 가벼워진다는 것…… 가벼운 것과는 달리, 이 사람은 자살한 겁니다…… 같은 게 아닙니다."

"제발!"

가느다란 목소리가 쇳소리를 냈다.

"이 혼란을 해결해야 합니다."

범죄자 얼굴의 귀족이 우물거렸다.

"여기서 나가지 않으면 우린 지쳐 뻗어버릴 거요!"

뚱뚱한 남자가 내뱉었다. 보라색 안면이 공처럼 부풀어 올랐다.

"우후!"

페렐라는 다른 말은 하지 않았다.

얼마가 지난 뒤 지하 납골당에는 알로로의 딸만 남게 되었다. 그녀는 고통으로 반쯤은 얼이 빠져 있었다. 눈가에는 미처 다 흘러내리지 못한 두 줄기의 눈물이 말라붙어 있었다. 경비를 서던 군인들, 귀족, 공무원, 왕궁 하인들이 다들 왕의 숙소를 향해 계단을 올랐다.

페렐라가 무관심하다고 사람들의 입방아에 오르내렸다. 페렐라는 처음으로 무관심한 사람이 되었다.

사건의 개요가 즉각 왕에게 보고되었다. 알로로의 최후와 페렐라의 무관심. 그 무관심을 누군가는 소심하게 감히 냉소주의라 부른다. 그러나 아무도 대놓고 견해를 표명하려는 사람은 없었다. 아무도 맨 처음 비난을 퍼붓는 자가 되지 않으려 하는 와중에 다른 누군가가 먼저 비난을 시작하겠지, 기대하면서 다른 누군가의 의견을 은연중에 들춰내기도 했다.

결국 그날 밤 국가 위원회를 소집하라는 결론이 났다.

다음 날 아침 발행 예정이던 국방 보고서는 연기되었다.

국가 위원회

"나는 이 작은 노인의 평온한 얼굴, 부드러운 푸른 눈을 아직도 보고 있습니다. 여기에 그가 있습니다. 침착하고 조용한 그는 일하는 삶, 정직과 헌신의 삶을 60년째 살아왔습니다. 그의 진솔한 삶에는 그늘 하나 없고, 양심에는 얼룩 하나 없습니다. 진심을 다해 섬겼던 왕을 향한 사랑, 아끼는 딸을 향한 사랑, 모든 사물과 사람을 굽어보시는 하느님을 향한 사랑으로 가득합니다.

그렇게 평화로운 마음으로, 평온한 정신으로 평생을 살았던 그가 갑작스럽게 변합니다. 머리는 착란을 일으켜 불안정해지고, 지극히 부드럽고 지극히 순수하며 지극히 명석한 사고가 혼탁해져서 지극히 불길한 열정, 아찔한 광기가 잠복하고 있는 어두운 심연으로 들어가고 있습니다.

그가 우리에게 70년 동안 베풀었던 사랑과 연민의 여러 장면을 지나 이제 자살이라는, 극단적 광기로 물든 자살이라는 끔찍한 광경을 보여줍니다. 우리 눈앞에 불꽃과 재, 연기로 가득 찬 지옥의 무대를 펼쳐 보여줍니다.

"나의 고귀한 딸들이여, 그대들에게 이제 묻나니, 그의 고귀한 정신이 어떻게 그리 갑작스럽게 왜곡될 수 있는가? 악의 씨앗이 존재하지 않았더라면 악이라는 불모의 나무가 어떻게 갑작스럽게 싹을 틔울 수가 있는가? 누군가 노인의 나약한 순간을 포착하여 그 마음을 혼돈으로 던져버리고 결국 돌이킬 수 없는 파멸의 길로 이끌지 않는다면, 영혼이 어떻게 자기 영혼을 폐허로 만들 수 있겠는가?"

"그러나 그가 언제나 모든 왕을 과도하리만큼 광적으로 숭배했음을 아셔야 합니다."

"무슨 의미입니까, 피퍼?"

"내 말은 그가 소영웅주의자 그 이상도 이하도 아니었다는 것입니다."

"친애하는 피퍼여, 주인에게 매우 충직한 개처럼 일한 사람을 소영웅주의자라 부르다니, 어떻게 그럴 수가 있는지……."

"그는 자기 생각에 위대하고 선택받은 분들을 충실하게 모셨습니다. 의도적이지 않을 수는 있지만, 최고의 찬사 속에서 권력의 꿈, 아무에게도 알리지 않고 마음속 깊이 품고 있던 그 열매를 키워갔습니다. 자기도 위대하고 선택받은 인물, 세상의 헛되고 그릇된 찬사를 받을 수 있는 인물이 될 수 있다고 생각하면, 죽음조차도 그의 시도를 막지 못하지요."

"당신들에게는 양¥이 최고의 가치이자 한계입니다."

"필로네. 만날 똑같은 악담은 제발 하지 마세요."

"양이라고 말했소!"

"필로네, 그만둬요!"

"위원회에서 그를 추방해야 마땅합니다. 더는 참을 수가 없을 정도예요."

"양은 추방 안 하고요? 원숭이들 같으니라고! 제일 웃긴 짐승이 뭡니까? 원숭이라고 바로 대답하시네요. 당신을 제일 닮은 짐승이니까요."

"필로네, 차례가 올 때까지 부디 입을 다물어주기 바랍니다."

"그러니까 당신 의견이 대단하다고 생각합니다……."

"나의 의견은 그러니까…… 가만 보자…… 내 의견은 매우 단순합니다…… 정확히 이거예요, 그러니까…… 얼마 전부터 우리나라는 연기를 퍼뜨리는 일 말고는 아무것도 하지 않습니다. 이제 연기를 내뿜기 시작합니다. 자연스럽고도 자연스러운 논리적 결과예요.

당신이 씨앗을 파종하고 퍼뜨려 열매를 수확했다면, 연기를 파종했고 연기 더미를 수확한 겁니다. 나무 다발을 수확할 수 없다는 건 아시죠. 당신은 그럴 만한 가치가 없는 무언가를 과도하게 평가했습니다. 세상에 연기보다 더 나은 뭔가는 없는 것 같습니다. 연기로 최대의 난제들이 해결되는 듯합니다. 그러니 연기가 우리 앞에 있습니다. 연기 색깔의 옷을 입은 남자와 여자들, 연기를 기리는 축제, 무도회, 식사 등 모든 것이 우리 눈앞에 놓여 있습니다……."

"그러나 가장 거룩하신 당신 스스로 기억하시기 바랍니다. 그가 당신께 왔을 때 당신은 그에게 경의를 표하기 위해 바삐 움직이셨지요. 우리 못지않게 당신도 속으셨습니다."

"맞아요. 사실입니다. 나도 정신없이 서둘렀지요. 그런데⋯⋯ 잠깐만요, 잠깐만. 첫 번째, 바로 그랬기 때문에 그가 어떤 종류의 짐승인지를 내 눈으로 볼 수 있었습니다. 두 번째, 모든 사람이 서두르고 있었기 때문입니다. 세상 전체가 한꺼번에, 일시에 그의 소유가 되는 것만 같았습니다. 짐작하시겠지만, 나는 그가 어떤 종류의 짐승인지 내 눈으로 보고 싶었습니다⋯⋯ 그리고 곧바로 깨달았어요⋯⋯ 그는 오로지 상처 입히는 일만 할 수 있다는 사실을요."

"그러면 왜 그런 사실을 곧바로 말하지 않았습니까?"

"어떻게 그렇게 할 수 있었을까요? 다들 좋다, 훌륭하다, 멋지다 외치는데요! 순식간에 그를 왕으로 만들지 않았습니까! 나는 반대했어요. 누군가는 그래야 하지 않겠습니까. 하지만 소리 높여 말할 상황은 아니었지요. 그래서 사람들 하는 대로 내버려 뒀고, 그러다 그만두겠지 생각했습니다."

"군중 속에서 같이 있을 때 그가 뭐라고 하던가요?"

"그가 말하기를⋯⋯ 어떻게 말할까⋯⋯ 허구한 날 늘어놓던 엉터리 소린데⋯⋯ 자기가 가볍다는 얘기였어요. 가벼움 외에는 세상 무엇도 존중받을 수 없다는 얘기⋯⋯ 말도 안 되는 헛소리⋯⋯ 세상 최악의 비상식적인, 어리석고 무능한 얘기⋯⋯."

"그래서 우리가 어떻게 하면 좋겠어요?"

"바로잡아야지요. 아직 시간이 있어요. 당신들은 그를 추앙했지요? 다시 끌어내렸고요. 그에게 진지한 일을 맡겼습니다만, 그게 어마어마한 잘못이라는 사실은 안중에도 없었지요. 그가 일을 못 하게 즉각, 곧바로, 제거해야 합니다. 무엇보다도…… 사회에서 그를 격리해서…… 사라지게 하는 방향으로. 모두의 안녕을 위해…… 그를 내쳐야 합니다."

"필로네, 뭔가 할 말이 있으면……."

"오늘은 정말 아름다운 날입니다. 정말 아름다워요. 태양은 찬란하고 생기발랄하게 내리쬐고, 사람들은 우산 없이 밖에 나와서 정신없이 기뻐합니다. 그리고 오리처럼 뒤뚱뒤뚱 바보 엉덩이를 흔들며 산책을 하다가 물웅덩이의 개구리처럼 자기들끼리 원을 그리며 돌다 다시 만나고 서로 비비고 서로 뒤섞입니다…… 갑자기 먹구름이 몰려오고, 눈 깜짝할 사이에 엄청난 폭우가 쏟아집니다. 다들 개구리처럼 이리 뛰고 저리 펄쩍 깩깩 소리치며 미끄러지고 도망 다니고, 늙은 두더지처럼 구멍으로 잽싸게 들어가기도 하다가, 서로에게 기쁨의 물을 끼얹었습니다. 아흐! 아흐! 아흐!"

"품위 없고 꼴사나운 사람들이로군요!"

"그다음 날 폭풍우가 잦아들고, 마지막 옅은 구름이 드높이 떠서 가볍고 가볍게, 매우 빠르게 지나가는 것만 보입니다. 지나가는 그 모든 것들은 팔 아래 우산을 감추고 있는데, 비비*와 마카크**들이 우산을 놓치지 않으려고 얼마

---

* 개코원숭이. 아프리카, 아라비아에만 서식한다.

** 짧은 꼬리가 특징인 원숭이. 북부 아프리카에서 일본까지 광범위하게 분포한다.

나 꽉 잡고 있는지! 우산 없이 지나다니는 사람은 하나도 없습니다. 저녁이 오고, 비는 오지 않았습니다. 아흐! 아흐! 아흐!"

"웃는 모양이 괴상망측하군요!"

"아이고, 이 무슨 어리석은 일들입니까!"

"그래서요?"

"이런 조롱으로 무슨 얘기를 하고 싶은 겁니까?"

"당신이 바보 멍텅구리라는 겁니다!"

"그럼 페렐라에 대해선 어떻게 생각하나요?"

"당신에 대해 생각하는 그대로요."

"그럼 당신에 대해서는요?"

"그 사람은 자기가 굉장히 대단하다 생각해요. 출판할 수 없는 책을 출판하겠다 하니까요."

"친애하는 필로네여, 위대함과 경멸이 뒤섞여 있군요."

"물론이죠."

"이것이 당신을 높이 추어올릴 수 있다 보십니까?"

"오! 날 너무 높이 올려놓을 필요가 없어요. 당신 머리에 침을 뱉을 정도로만 오르면 됩니다."

"정말 대책 없는 인간이로군!"

"지금 국가 위원회에서 그는 완전히 무용지물입니다. 필로네가 무슨 말을 할지는 다들 알고 있어요. '바보들, 바보.'"

"하지만 말입니다, 당신은 세상에서 지식과 식견이 가장 높은 사람 아닌가요? 그런 당신이 바보라는 말밖에 못 하나요!"

"그러나 실제로 일자무식 아닌가요?"

"그냥 한마디로 무슨 말을 하고 싶으신 건가요?"

"즉각 처리하세요."

"알로로에 대해서는 무슨 말을 하시겠어요?"

"즉각 처리하세요."

"페렐라에 대해서는 무슨 말을 하시겠어요?"

"즉각 처리하세요."

"로델라에 대해서는 무슨 말을 하시겠어요?"

"우리 시대가 매우 절망적으로 사라져가고 있는 것 같습니다."

"하지만 우리는 그에게 하느님을 위한 법전을 맡겼잖아요!"

"그 일을 못 하게 해야 합니다!"

"어떻게요?"

"간단해요. 법전을 가져오면 됩니다. 쓰지 못하게 하는 거지요."

"하지만 왕이 명령으로 부여한 공식 임무입니다."

"그럼 왕이 명령하여 공식 회수하면 됩니다."

"여론은요?"

"개한테나 줘버려요!"

"처음으로 법전 얘기를 꺼낸 자가 누구였습니까?"

"왕!"

"왕이었습니다!"

"왕이 뭘 압니까? 이 일과 무슨 관계가 있냐고요?"

"부담을 덜려고 그런 겁니다. 모르시겠어요?"

"연기 인간이 바로 이 일을 하기 위해 어딘지도 모르는 별에서 자기한테 왔다고 믿은 겁니다!"

"왕은 늘 새 세상에서 올 메시지를 기다리죠. 바로 그래서 뭐 하나 이뤄내는 게 없어요……."

"왕은 새로운 법전을 쓰지 않으려고 그렇게 한 거지요. 그거였어요. 즉, '어떤 꿍꿍이를 숨기고 있는지 누가 알겠는가. 그러면 난 아무 관련이 없는 거야. 페렐라 책임이지. 그자한테 뒤집어씌우면 돼. 페렐라는 연기 인간이야. 페렐라는 법전을 존중할 필요가 있어. 나는 법전이라면 뭐든 상관 안 한다고.'"

"그런데, 그게 뭔지 아시나요?"

"뭔데요?"

"왕은 페렐라를 무서워하지 않아요. 적이 아니라 친한 동료로 보니까요. 전혀 거리낌이 없어요. 적수가 될 수 없을 거라고요."

"하지만 법전을 개정한 다음에는?"

"아! 그건……."

"개정 이후를 말하면……."

"어떻게 여기까지 오게 됐지요?"

"그 사람이 법전을 개정하면서 예를 들어 연기 인간들만 집권할 수 있다는 조항을 만들어낼 수 있다고 생각하지 않으세요? 생각을 못 하겠냐고요?"

"엄청난 얘기로군!"

"굉장해!"

"하느님 맙소사!"

"그런데 왜 우리는 그렇게 어리석었을까요?"

"왜?"

"왜?"

"왜?"

"어떤 면에서 우리는 우리나라, 우리 집의 열쇠를 그의 손에 쥐여준 겁니다. 연기 인간에게 말이오! 그걸 생각해보세요!"

"아이고!"

"처음 만난 자에게!"

"누군지도 모르는데!"

"사람인지 아닌지도 모르면서."

"엄청난 얘기로군!"

"굉장해!"

"잠깐만요, 잠깐만. 세상의 모든 조항을 다 썼다고 해도, 그 사람이 무서운가요? 연기로 된 사람인데? 법전을 2,000개쯤 쓴 다음에라도 머리통을 한 방에 걷어차버립시다!"

"여론은요?"

"개한테나 줘버려요!"

"그런데 그가 정말 위임받은 분이라면요?"

"누가 위임을 했다는 거요?"

"어디서?"

"그건 모르겠고……."

"지옥에나 가라!"

"바로 그거요!"

"악마를 말하는 겁니까?"

"바로 그거요!"

"악마한테 보내버립시다!"

"악마의 그림자일지도 모르잖아요?"

"바로 그거요!"

"하느님, 세상에!"

"사탄의 자식이 세상에 오다니!"

"바로 그거라구요!"

"하느님께서 보내지 않으셨소. 악마가 보냈다는 말이오."

"망했다!"

"우리가 받아들인 거였소!"

"그렇고말고!"

"사탄의 자식이다!"

"사탄의 자식이다!"

"그래서 그렇게 온통 까만 거야!"

"이제 이해가 되는군!"

"그렇게 온통 까만 인간이 지옥이 아니라면 대체 어디서 온단 말인가? 장담하네."

"근데 그런 말을 어찌 그리 침착하게 늘어놓는가?"

"참 나!"

"근데 하느님께서 보내셨다면?"

"불가능해!"

"그럴 리가 없어!"

"하느님께서는 당신의 아들을 훨씬 전에 보내셨잖소."

"불가능해!"

"말도 안 돼!"

"근데 그분은 돌아오겠다고 말씀하셨소."

"불가능해!"

"들어보시오…… 그분은 순수하고 순결한 육신, 사랑과 고통의 육신으로 오신 분이었소. 이 사람은 아무것도 못 느끼는 연기로 된 거시기요. 진흙으로 만들어진."

"지옥에서 도망친 거야. 틀림없소."

"들어보시오, 난 대주교입니다. 우리 하느님께선 내가 이 연기 인간을 대하는 것만큼이나 피곤에 지쳐 계시다고 확신합니다."

"악마가 보낸 거요!"

"악마의 자식이오!"

"하느님! 하느님!"

"브르르르르! ……."

"그를 맞아들인 건 바로 우리요!"

"그렇소!"

"대주교님! 우리를 축복하소서. 은총으로 우리를 축복하소서. 그는 이미 우리 모두의 안으로 들어왔을지도 몰라요!"

"우리가 쫓아내야 합니다!"

"어떻게 하지요?"

"스스로 물러나면 아주 좋을 텐데요."

"맞습니다, 맞아요. 악마와 말싸움이나 하는 건 절대 신중한 처사가 아니에요."

"하느님의 사랑으로!"

"적당히 보내버려야 합니다."

"우리가 알아차렸다는 낌새를 주지 않고서 말입니다."

"제가 인도하도록 해주십시오. 나는 여러분의 대주교입니다. 우리 선하신 하느님의 도움으로 그를 쫓아낼 수 있습니다!"

"여론은요?"

"모든 것을 공개합시다!"

"정체를 있는 그대로 말합시다."

"그는 살인을 저질렀어요!"

"좋습니다!"

"그가 악마의 자식이라고 하면 사람들은 판단할 것이고, 그를 죽이자고 할 겁니다!"

"아니에요, 아니에요! 우리가 악마와 말싸움이나 하고 있으면 안 됩니다. 제 말은……."

"아니 그는 사람을 죽였단 말이오!"

"공개합시다!"

"재판이 필요합니다!"

"좋습니다!"

"재판을 합시다!"

"재판!"

"재판!"

"악마의 자식을 재판합시다!"

"아니요! 악마의 자식이라고 하지 마시고요, 그렇게 말할 필요가 없습니다!"

"그렇게 꾸밀 필요가 있어요. 알지 못한 척하는 겁니다!"

"재판은 다른 죄수 대하듯이 해야 합니다. 구실을 찾아야 합니다."

"살인을 저질렀어요!"

"우리 모두를 불에 태우려 했어요!"

"왕궁 지하에 불을 질렀어요!"

"방화범입니다!"

"살인자!"

"비겁한 자!"

"그렇게 갑시다!"

"공공 여론을 호도했어요!"

"엄청나군요!"

"모든 사람을 조롱했어요!"

"우리를 조롱했어요!"

"살인을 저질렀어요!"

"방화범!"

"죽여라!"

"죽여라!"

"죽여라!"

"바보 천치들!"

"하지만 필로네……."

왜?

국가 위원회는 알로로가 숲으로 발견된 그날 저녁에 열렸다.

고귀하신 대주교가 지하 납골당으로 내려가 노인의 불쌍한 사체에 사죄의 의식을 거행하고 왕궁으로 올라갔다. 다음 날 아침 그 불쌍한 잔해를 묘지로 옮겨야 했다. 매우 이른 시간 비밀리에 이송되었다. 몇 안 되는 사람들만 지켜보았고, 몇 안 되는 사람들만 사실을 알 수 있었다. 알로로의 딸이 울부짖는 한탄의 소리가 도시 전체로 퍼지지 않게 하려고 왕궁에 애처롭게 가둬놓았다.

여론에 취해야 할 바람직한 태도가 무엇인지 결정하자는 얘기는 아직 없었다. 도시 위를 달리는 불덩이 유성 같지 않은가? 그렇게 긴급한 사안을 다루는 국가 위원회가 과감하게 페렐라를 고발하여 체포하라고 선고해야 하는가, 아니면 여론을 어떻게 반영할지를 먼저 잘 살펴서 어느 정도 유보하다가 나중에 행동하는 편이 더 낫겠는가? 여론을 적절하게 조절하면서 원하는 길로 밀고 나가는 편이 더 낫지 않을까?

일단 대중이 "죽음"을 외치면 나머지는 일사천리로 가고 만다. 그러나 그렇다 해도 이 간단한 말이 대중의 살아 있는 목소리로 직접 터져 나오게 만드는 일이 무엇보다 중요했다.

한편 페렐라는 지하실 그 사건 이후로 거처에서 일절 밖으로 나가지 않고 있었다. 그를 부르러 오는 사람도, 설명을 요구하는 사람도 없었다…… 아무도. 왜? 위원회가 긴급하게 여러 번 소집되었지만, 페렐라에게 알려주거나 참석하라고 말해주러 오는 사람은 아무도 없었고, 언제나 페렐라 없이 위원회가 개최되었다. 왜?

페렐라는 사태의 전말을 곱씹어보다가 자기가 도착한 그때 지하실에 있던 사람들의 얼굴을 하나씩 떠올리면서 밤을 지새웠다. 그 얼굴들이 머릿속에서 자꾸만 변했다. 그때 위원회의 귀족들은 전혀 다른 사람 보듯이 그를 바라보았다. 왜? 왕궁의 자기들 처소로 올라가는 계단참에서는 하도 목소리를 낮추는 바람에 페렐라는 그들이 자기 얘기를 하고 있다고 알면서도 도무지 알아들을 수 없었다. 왜? 무슨 일을 저질렀다고? 진실을 말하지 않았던가? 평소처럼 행동하지 않았던가? 여느 때의 태도를 취하지 않았던가? 어쩌면 그의 말을 다들 이해하지 못한 걸까? 무슨 의심을 할 수 있었을까? 그는 그 모든 일의 어떤 부분을 알고 있었나? 발생한 사건의 무엇을 알고 있었던가? 그 늙은 하인장은 무슨 일을 하려는지 페렐라에게 어떤 암시도 한 적 없었다. 그의 의도를 알았다면 페렐라는 분명 그를 단념시켰을 것이다. 자기가 어떻게 그리되었는지 모르는데 어떻게 그에게 권할 수 있겠는가? 페렐라와 알로로 사이에 어떤 공통점이 있었던 걸까?

어느 날 알로로는 자기와 사랑을 나눴던 여자의 편지를 페렐라에게 전해주었다. 페렐라는 편지를 그저 받기만 하고 답장을 하지는 않았다. 그는 편지에 쓰인 여자의 말을 떠올리곤 했다. 그리고 알로로의 햇볕처럼 따스하게 빛나는 미소를, 자기를 바라보는 동안 불타는 듯 빨갛게 상기되던 그 얼굴을, 빛과 열기를 정말로 생장시키던 그 무엇을 기억하곤 했다. 불쌍한 노인, 페렐라는 생각했다. 사람들은 그가 나의 희생자라고 하겠지. 가볍게 되고 싶었던 거라고. 그러나 진짜일까? 왜 나한테는 단 한마디도 하지 않았을까? 왜 어제저녁에는 아무도 오지 않았을까? 왜 오늘 아침에도 아무도 오지 않는가?

오전 내내 페렐라의 처소에는 아무도 얼씬거리지 않았다.

시간은 지나가고, 페렐라는 무얼 할지 몰랐다. 밖에 나가서 물어보기라도 해야 할까? 아니면 진득하게 기다려야 할까? 창문에 기대서서, 거의 하늘에 빨려 들어갈 듯이 오랫동안 하늘을 올려다보았다. 화창한 날이었다. 태양은 무한한 하늘 왕국에서 위용을 뽐내며 빛나고 있었고 대기는 푸르렀다. 페렐라는 눈을 감고 그 빛에 완전히 빠져든 자신을 느끼고 있었다.

정오가 되었다. 계속해서 기다렸다. 2시가 되었다. 다른 날 같으면 대민 시찰 업무에 나서야 할 시간이라고 누군가 알려주러 올 시간이었다. 페렐라는 밖으로 나갔다. 뜰로 내려갔지만 자기를 기다리는 마차도, 수행하던 귀족들도 없었다. 아무것도, 아무도 없었다. 왜? 왕궁 뜰은 쓸쓸하고 황량했다. 2층의 테라스로 귀족 두 명이 낮은 목소리로 속삭이며 지나갔다. 그러다 페렐라를 보자 재빨리 몸을 감췄다. 아마도 창문 뒤에 숨어서 엿보고 있으리라. 다시 돌아가야 좋을지, 방으로 가서 안 나가는 게 좋을지, 나가는 게 좋을지 판단이 서지 않았다. 당혹스러운 마음으로 한

참을 머물렀다. 빛, 태양, 진한 청색이 그를 유혹했다. 왕궁의 정원을 가로질러 대문에 도착했다. 경계병들이 비스듬히 바라보다가 별 동작도 없이 그냥 나가게 내버려 뒀다. 경례조차 하지 않았다. 언제나 경례를 하곤 했는데, 장교들에게 하듯 거총을 하곤 했는데! 무슨 일이 일어난 걸까? 왜 경례를 하지 않지? 왜 그냥 가게 내버려 두지? 왜 아무도 아무 말도 안 하지? 적어도 자기가 무엇을 해야 할지, 어떻게 처신해야 하는지는 알아야 했다.

나갔다. 그 시각, 길에 사람들은 거의 없었다. 사람들 눈에 거의 띄지 않고 도시의 성문에 이르렀다.

한편 그의 일거수일투족을 감시하고 있던 왕궁에서는 그가 외출했다는 소식을 듣고 몇 사람만 성가시다 여겼을 뿐 다들 무척 기뻐했다. 그는 희미해지고 있었다. 더는 돌아오지 않으려 떠나고 있었다. 모든 것은 피 한 방울 뿌리지 않고 정리될 터였다.

그러나 설명을 듣고 정의 구현을 원하는 사람들도 있었다. 페렐라는 어떤 식으로든 벌을 피해 매끄럽게 빠져나가고 있었다. 젊고 훌륭한 페렐라는 순조롭게, 너무나도 순조롭게 행동하고 있었다. 붙잡아 벌을 주어야 했다. 나라 밖에서도 나라에 해를 끼칠지 누가 알겠는가? 다른 곳에서도 분명 또 다른 희생자를 만들고, 연기를 퍼뜨리며, 다른 사람을 분신하도록 사주할 수도 있지 않은가? 그러니 그를 재판에 넘겨 죄에 상응하는 벌을 주어야 마땅했다. 그것이 그를 합당하게 대우하는 방법이었다. 이제 그는 그가 등장했던 첫날부터 놀랍도록 조롱을 일삼던 그 잘난 얼간이들을 마지막으로 마음껏 비웃어주고 있었다.

다른 한쪽에서는 그가 스스로 지극히 조용하게 가버리는 편이 낫다고 하는 사람들도 있었다. 모두가 감시의 눈을 번뜩이고 있으니 그 누구에게도 더는 해를 끼칠 수 없으리라는 말이다. 그러니 끝이 어떨지 모르는 전쟁을 벌이는 것보다 깨끗하게 보내는 편이 낫다는 것이다. 그는 대체 어떤 작자였는가? 어디서 왔던가? 누구와 어떤 일을 벌였는지는 아무도 몰랐다. 그가 이렇게 신속하게 떠난다는 사실은 하늘이 내린 기적이었다. 결국 이렇게 평화롭게 가버리는 일은 페렐라가 악마라면, 자유자재로 해를 끼치는 그런 유형의 악마, 최고의 악마임을 보여주는 것이었다.

그러다 보니 온종일 두 가지 말만 들려왔다.

"그는 돌아온다, 돌아와. 자 두고 보라고. 돌아오리라."

"그는 돌아오지 않는다, 돌아오지 않아. 자 두고 보라고, 그는 돌아오지 않으리라."

그러나 말을 퍼뜨려야 했다. 스파이가 도시 전체에 깔렸다. 왕궁의 하인들, 귀족들, 군인들이 여론 조작을 준비하고 있었다. 담배 가게에 간 사람들은 시가를 고르며 몇 마디를 중얼거렸고, 몇 마디를 중얼거렸던 사람은 한잔하러 선술집에 들러 귀부인에게 공손한 태도로 인사하기도 했다. 모두 자신의 위치에서 정보를 퍼 날랐다. 길에서 가게에서 사람들은 혀를 놀리기 시작했고 여자들은 전화기를 놓지 못했다. 페렐라가 알로로의 죽음에 관하여 확실한 혐의를 받고 있으며, 왕이 재판을 명하기 전에 그가 이미 지하로 난 문을 통해 도망쳤다는 사실을 1시간 만에 모두가 알게 되었다. 창문으로 도망쳤다고 하는 사람도 있었고, 왕궁 대문을 지키는 기병 앞을 지나갔는데 기병이 바로 옆에 두고도 그를 보지 못했다고도 했고, 본 사람은 아무도 없었다고 하는 사람도 있었다. 또 페렐라가 어느 때는 그림자로 변신하는 비상한 능력을 지녔고 특히 햇빛 아래에서는 식별이 불가하다고 말하는 사람도 있었고, 그는 떠나지 않았으니 누구든 길거리에서 우연히 마주치게 될 거라고 말하는 사람도 있었다.

무슨 말이 오갔는지 일일이 옮겨 적기가 불가능하다. 국가 위원회 소속의 도시 대표자들 발언에서 깊은 인상을 받았다는 얘기도 들려왔다. 집집마다 현관에 모여선 여자들, 계집아이들, 수다쟁이 부인들이 과연 무슨 얘기를 했는지 안 봐도 능히 짐작할 수 있었다. 허다한 구멍가게나 이발소, 약국, 카페, 선술집에서 나온 말이 넘쳐났다.

다들 똑같은 말을 반복했다.

"그러니까, 왕궁에서는 그를 범법자 취급한다는데, 어째서 그냥 보내준다는 겁니까? 죄가 있으면 벌을 받아야지요."

이런 얘기는 곧바로 왕궁에 들어갔다. 여론은 스스로 힘을 얻고 또 얻는, 저 위에서는 달가워하지 않는 습성을 발휘하고 있었다. 더욱이 사람들은 신비로운 힘을 지닌 것 같은 누군가를 대충 다루고 해결하려 한다는 점, 위원회가 탄탄한 군대와 수행단을 거느리면서도 그 누군가를 마음대로 못 하는 점을 전혀 받아들일 수 없었다. 명령하는 위치에 선 사람들이 다들 그렇듯, 토를린다오 왕은 미신을 믿는 경향이 강했다.

그러나 매우 다행스럽게도, 공식 입장의 진짜 출처가 알려지지도 않았지만, 결국 여론은 왕궁에 동조하고 말았다. 그래, 그래, 떠나보내는 게 더 낫다, 괜히 충돌을 일으키며 고생할 필요가 없다, 무심하게 대하는 편이 더 좋다는 말들이 나왔다. 실없이 지껄이기로 유명한 어떤 작자는 그날 아침 일찌감치 페렐라가 참수 당할 뻔했는데, 칼이 목을 살짝 스치고 지나가기만 하고 결국 아무런 불상사도 없었다는 사실을 왕궁 주요 인사들과의 긴밀한 연결망을 통해 알고 있다고도 했다. 마침 그 자리에 있던 목격자들은 페렐라가 일어나서 무슨 일이 있었냐는 듯 고개를 빳빳이 들고 걸어 다니는 모습을 보고 나서 자기들 힘으로는 아무것도 할 수 없다는 사실과 페렐라가 자유롭게 풀려났다는 사실에 무척 당황하기도 했다는 얘기도 나돌았다.

대개 사람들의 반응은 이러했다.

"그렇게 쉬워 빠진 것도 이해 못 하는 바보 천치들 아냐? 연기 인간의 머리를 어떻게 자를 수가 있어? 그냥 보내버리는 게 더 낫지, 낫고말고."

한편 왕궁이 마주한 딜레마는 이러했다.

"돌아올 것인가, 아니면 돌아오지 않을 것인가?"

돌아오지 않는다면 죄인으로 보내지 않는 편이 좋지만, 돌아온다면 확실하게 매듭을 지어야 한다. 그리고 매듭을 짓기 위해서는 대중의 우호적인 여론이 필요하다. 어떤 경우든, 여론이 들끓다가, 제멋대로 부풀어 오를 수도 있고 꺼져버릴 수도 있는 이런 상태에서는 최악을 대비해야 했다. 그가 어디를 가든, 엄한 처벌을 받았다고 알려야 좋았다.

누군가는 이렇게 말했다.

"그가 가는 나라에 좋은 일이 생긴다면, 도망가게 내버려 둔 우리를 멍청이라 할 테고, 그러면 필로네는 사방팔방에 큰소리를 치겠지!"

그러나 페렐라 문제에 낙관하는 사람은 아무도 없었다. 일말의 호의를 갖고 있던 사람들도 낙관을 버리는 쪽에 이미 가담한 뒤였다…… 왕궁의 모든 사람이 페렐라를 싫어했는데, 이제는 대중도 그를 싫어하게 해야 했다. 폭도로 변하여 중용의 조절을 모를 때 대중은 정당성도 없고 한계도 없고 원칙도 없이 무조건 앞으로 나선다. 그리하여 작아서 알아채기도 힘든 똑같은 이유로 찬양의 거리로 뛰쳐나가고 증오의 거리로 다시 쏟아져 나온다.

왕은 알로로의 딸이 하고 싶은 대로 하라고 했다. 그다음 날 왕궁 사무관이 여생을 편히 보낼 수 있을 만큼의 연금을 전달하러 방문할 예정이었다.

그런데 이 처자는 나라 전체가 아버지와 페렐라의 사건을 두고 논의가 분분한 백주대낮에 왕궁을 나서야 했다. 마차도 타지 않고 걸어서 왕궁을 나서게 한 계획에는 상당한 의도가 있었다.

익히 짐작한 대로 몇 발 걷지도 않아서 모두 그녀를 둘러싸고 몰려들어 설명을 해달라 하고 울고 동정하고 간청하고 조언하는 등, 나중에 이웃과 수다를 떨 때 필요한 기름을 각자의 램프에 채워 넣기 바빴다.

처자는 비명을 질렀고, 전날처럼 통곡하고 울부짖었다. 10여 분 뒤에 페렐라는 증오의 대상으로 변했다. 그렇게까지 증오의 대상이 된 사람은 일찍이 없었다.

왕궁에서는 계속 말이 나돌았다.

"돌아오는 거야, 아니면 안 돌아오는 거야?"
"이보게, 돌아오면 궁지에 몰릴 거야!"

도시 성문 밖으로 나간 페렐라는 곧바로 언덕 쪽으로 방향을 잡았다. 생각에 잠겨 개울을 따라 걸었다. 푸른 빛을 내며 부드럽게 불어오는 산들바람이 몸을 지탱해 앞으로 나아가도록 해주는 느낌이 들었다. 생전 처음 경험하는 가벼운 느낌이었다. 어떤 순간에는 바닥도 없이 높이 솟아오르는 것만 같았다. 그는 자신을 되돌아보았다. 짙고 어두운 회색의 육신이 푸른색을 띠고 있는 듯 보였다. 신발은 윤기가 흐르는 화관이었다. 육신은 생기 넘치는 꽃처럼 피어나고 있었다.

이제 튼튼한 가지를 유연하게 뻗어 올리고 싱싱한 잎사귀를 장식한 탐스러운 나무들을 음미하면서 언덕을 오르기 시작했다. 발치에서 졸졸거리며 흐르는 유순한 은빛 물소리가 귓가에 들려왔다. 개울물은 산비탈을 따라 고사리 사이로 천천히 흘러내리고 있었다.

사실이었다. 지금까지 이렇게 가벼운 느낌이 든 적이 없었다. 도시에서 멀어져 언덕으로 오르면 오를수록 생각도 고양되고 있었다. 저 아래에 있는 왕궁과 사람들의 고민은 저만치 멀어져 마침내 눈앞에서 흩어지고 있었다. 빛이 그를 압도했다. 태양의 열기, 육체의 가벼움, 잎의 푸르름, 물길의 부드러움, 깨끗한 호흡. 이 모든 것을 처음으로 느꼈다. 저 아래, 저 거대한 집 무더기 사이에서 맞닥뜨렸던 모든 것은 심각하고 무거운, 한마디로 무거운 무엇이었다. 이제 그 모든 것은 이제 참을 수 없는 무엇이 되어가고 있었다. 무수한 탑, 넓게 펼쳐진 건축물, 지붕, 집을 압착하는 거대한 지붕이 무자비하게 땅을 짓누르고 있었다. 귀족, 갑옷으로 무장한 군인, 마차, 그 모든 것은 참을 수 없을 정도로 무거웠다. 그는 높이 솟아올라 사방 넓은 공간으로 퍼졌어도 기둥은 땅바닥 아주 작은 면적만을 차지하고 있는 나무를 바라보았다. 그리고 작은 인간 하나가 수백 수천 제곱미터의 땅에 집요하게 의존하는 집 한 채를 내려다보았다. 왕궁의 첨탑, 그 가운데 솟아오른 왕궁의 음울한 대형 건물이 도시의 다른 모든 건물 위에 군림하고 있었다.

그러자 첫날의 기억이 떠올랐다. 도시에 도착했던 그날 받았던 인상. 그러나 얼마 지나지 않아 그 인상도 익숙해져서 누그러졌고, 그를 둘러싸고 있던 것들이 제 무게를 점차 잃어버리면서 차츰 무감각하게 되었다. 그때 생각했다. 저 아래에서 나는 대단히 훌륭한 식견을 쌓게 되겠지. 그러나 더 나은 식견, 즉 나의 가벼움은 마침내 잃어버리고 말겠지. 그는 페나와 레테와 라마를 생각했고, 옛날 집을 알아보리라 생각하며 언덕으로 둘러싸인 분지를 바라보았다. 그러나 알아볼 수가 없었다. 너무 많은 집이 멀리 떨어져 있는 것 같았고, 어느 집이 자기가 태어난 곳인지 확신할 수 없었다.

언덕 꼭대기에 이르렀다. 도시는 약 300미터쯤 떨어진 계곡 아래쪽에 얌전히 자리하고 있었다. 먼저 하늘을 올려다보았다. 볼 수 있을 만큼 한껏, 허용된 만큼 광활한 지평선 끝까지 바라보았다. 그런 다음 시선을 낮춰 도시의 전망을 형성하는 누르스름하고 푸르죽죽한 거대한 구조물 덩어리들을 내려다보았다. 그 순간, 갑작스럽게 욕지기가 치미는 듯한 경멸감에 사로잡혔다. 도시의 구조물 덩어리들은 영원한 아버지가 식사하고 난 뒤 게워낸 것처럼 보였다…… 영원하신 아버지께서.

다시 하늘을 보았고 내면이 가득 차오르는 느낌이 들었다. 언덕 위를 배회하다가 떡갈나무 그늘에 앉아 있는 한 소녀를 발견했다. 누에고치처럼 팔로 무릎을 안고 손바닥으로 얼굴을 감싸고 있었다. 지팡이 하나가 정강이에 걸쳐 있었고, 곁에는 양 몇 마리가 잠을 자고 있었다. 소녀는 도시의 전경을 홀린 듯 바라보고 있었다.

페렐라가 가까이 다가서자 소녀는 벌떡 일어나 암탉처럼 퍼덕거렸다. 그리고 지팡이가 바닥에 떨어지는 줄도 모르고 몇 발자국 뒤로 물러나면서도, 겁에 질린 얼굴은 두 손으로 여전히 감싸고 있었다.

"오!"

어린 소녀가 소리쳤다.

"무서워?"

페렐라가 미소를 지으며 말했다.

"뭐가 무섭지?"

"용서하세요, 아저씨. 아저씨가 갑자기 유령처럼 보였어요…… 아저씨가 무섭게 하시지 않으면 저도 무섭지 않을 거예요."

페렐라는 소녀를 부드럽게 바라보았고, 소녀는 안심한 듯 차분하게 페렐라 옆으로 다가왔다.

"어디를 보고 있었지?"

"도시를 보고 있었어요. 양들이 잠들면 나는 도시를 바라보며 즐겨요. 아저씨는 저 아래에 사시나요?"

"그래."

"난 도시에 갈 수 없었어요. 언제나 양을 데리고 다니거든요. 애들을 버려두면 안 돼요. 아! 애들을 포기하고 저 아래로 도망치고 싶은 미친 충동을 여러 번 느껴요…… 하지만 이내 마음을 고쳐먹지요…… 사람들이 뭐라 하겠어요. 어쩌면 도시에 들이지 않을지도 몰라요. 악랄한 우리 주인아주머니는 단 하루도 못 쉬게 해요. 난 도시를 구경하고 싶어 죽을 지경이랍니다. 그런데 아저씨, 아저씨는 혹시 연기로 되어 있나요?"

"그래."

페렐라가 확인해주자 그 조그만 소녀는 다시 쳐다볼 용기를 내지 못하고 잠자코 있었다. 그러다 침묵을 깨기 위해서인 듯, 또는 침묵 상태가 무서워서인 듯, 목소리를 높여 말을 꺼냈다.

"저 중앙에 있는 탑 네 개는 왕이 사는 집에 있어요. 검게 보이는 건 모두 왕궁이지요. 둥근 지붕과 종탑은 두오모라 불리는 교회 것이고요. 앞에 튀어나온 흰 석상 여러 개가 서 있는 건 극장이에요. 해가 지면 연인에게 보라는 듯 반은 벗고 반은 보석으로 뒤덮은 부인들이 속속 도착한답니다. 여기저기서 반짝거리는 건 산책 나오는 부인들을 실어 나르는 마차예요. 창문 하나 없이 시커멓고 커다란 저 집은 수도원이에요. 죄를 너무 많이 지은 여자들, 이제야 죄를 뉘우친 불쌍한 여자들이 갇혀 있지요. 저 안에서 슬피 울어야 주님께서 죄를 잊어버리신다고 하네요. 저 온통 빨간 집은 미쳐버린 불쌍한 사람들이 갇혀 있는 곳이에요."

"그런데 넌 땅 쪽만 바라보며 말을 하는구나. 저 위, 하늘로 눈을 돌리지는 않니?"

"아! 나는 하늘을 굉장히 자주 봐요. 너무 많이 봐서 고개를 쳐들지 못할 정도랍니다. 하늘은 언제나 똑같아요. 너무 똑같지요. 하지만 저 아래를 내려다보고 싶어요. 거긴 본 적이 없는 곳이에요. 하늘을 밤에 올려다보면 별들이 빛을 내요. 하지만 밤에 빛나는 다른 별들을 보고 싶어요. 왕궁이나 극장에서 연인을 위해 몸을 드러낸 부인들이 별처럼 빛을 내는 모습을 말이에요."

해가 저물어가고 있었다. 페렐라는 여전히 아래쪽을 내려다보는 어린 소녀에게 인사를 하면서 마지막으로 하늘을 올려다보고 도시 쪽으로 재빠르게 내려가기 시작했다. 도시에 도착했을 때 해는 막 저문 뒤라 사방이 어두워지고 있었다.

세관 경비병들이 성문에서 그를 의심쩍게 쳐다보았다. 그들은 페렐라가 지나치자마자 경멸의 말을 던졌는데, 잘 알아들을 수는 없었다. 그가 처음으로 마주친 사람은 어떤 여자였다. 그녀는 가까이 오게 되자 "휴!" 하는 외마디 소리를 냈다. 그리고 역병이라도 옮을까 무서워하는 모습으로 황급히 멀어져갔다. 그러더니 모든 이들이 현관과 창문으로 몰려들어 페렐라가 다 지나갈 때까지 모욕과 저속한 손짓, 음탕한 소리, 경멸과 멸시의 말을 퍼부어댔다.

길 중간에 서 있던 어떤 소년이 다가와 미는 바람에 페렐라는 장화 속에서 비트적거리다가 벽에 부딪히고 말았다. 장난이 제대로 먹혀 들어가서 환희를 느낀 소년이 다시 돌아와 이번에는 다른 쪽 벽으로 밀어붙였다. 그러자 또 다른 소년이 달려와 합세하여, 연이어 페렐라를 이리저리 밀어붙이면서 흔들어댔다. 마치 공기를 가득 넣은 공을 이리 차고 저리 차는 공놀이와 같았다. 아이들은 미친 듯 소리를 지르고 웃음을 터뜨리면서 한쪽에서 다른 쪽으로 번갈아서 페렐라를 몰아세웠다. 삽시간에 숫자가 구름처럼 불어났고, 폭력은 더욱 강해졌으며, 행동도 더욱 광폭해졌다.

페렐라는 그 끔찍한 떼거리에 둘러싸여 맥없이 창피를 당하고 무수한 공격에 완전히 녹초가 돼버리고 말았다. 비웃고 희희낙락하는 떼거리의 외침이 그의 마음을 찢어놓았다. 창문과 현관에서 욕을 퍼붓는 사람은 없었지만, 다들 경멸적으로 웃음을 흘리다가

턱뼈가 빠지도록 웃기까지 했다. 그러는 사이에 아이들 무리는 늘어났다. 폭발적인 바람에 자극받고 힘을 얻은 아이들은 새로 고안한 놀이에 재미 들여서 집요하게 따라다니고 야유하며 학대했다. 페렐라는 아이들에 둘러싸여 이리저리 휘둘리다가 눈물을 흘리며 그나마 나이가 든 아이들을 바라보았다. 슬픔에 찬 시선은 "왜?"라고 말하는 듯 보였다. 왜 나를 보호하러 달려오는 사람은 아무도 없을까? 왜 가장 잔인한 적군만큼이나 집요하게 변해가는 이 작은 손들로부터 나를 구하러 올 사람은 아무도 없을까?

이제 아이들은 그를 땅바닥에 내던지다가 다시 세우기를 반복하며 추잡하고 요란스럽게 웃어댔다. 누가 말리기는커녕 오히려 폭력을 행하는 아이들이 제멋대로 학살할 수 있도록 길을 터주기까지 했다. 그는 조롱거리가 되었다. 인간이 떨어질 수 있는 가장 비참한 상태, 가장 끔찍한 조롱거리가 되고 말았다! 곱슬머리들의 구름 사이에서, 떠들썩한 외침과 비명, 부르짖음 사이에서 스스로를 방어할 능력을 완전히 상실하고서…….

이제 겨우 세 살이나 되었을까 한 어린애가 입에 가늘고 긴 막대기 같은 것을 물고 해맑은 천사의 표정으로 웃고, 웃고, 또 웃으며 그를 찌르려고 다가오고 있었다. 채 자라나지 않은 작은 잇새로 막대기를 꼭 물고 웃고 있었다…….

인간이 처할 수 있는 가장 비참한 상황이었다. 아무것도 모르는 작은 머리들이 한 인간을 비참하게 만드는 가장 참혹하고 기괴한 놀이를 천진난만하게 찾아냈다. 사람들은 문과 창문에서 경멸적인 비웃음만 날리다가, 그 벌레들의 잔인함이 광적으로 고조될 때마다 "좋다! 잘한다!"라고 외치며 더 자극해댔다. 타고 있던 배가 난파된 조난자는 이리저리 힘없이 휩쓸리기만 했다. 극도로 가벼운 그는 상대가 어린아이라 해도 전혀 대항할 수가 없었다. 놀이가 벌어지는 길 한복판이 이루 말할 수 없는 조롱의 현장이 되었다. 그 불쌍한 얼굴은 눈물을 흘리며 이렇게 말하는 것 같았다.

"왜? 왜?"

페렐라의 구속

페렐라는 제한된 구역에 갇혀 몹시 불편했다. 왕궁 의사가 찾아왔지만 무엇을 해야 할지 도통 모르겠다는 말만 했다. 병자의 심장과 맥박을 도무지 짚어낼 수가 없었다. 여기 인간을 어떻게 치료할까 궁리만 하다가 결국 포기하고 말았다. 그러다 보니 페렐라가 호소하는 불편함은 꾀병 같다고만 했다. 의사는 페렐라에게 인사도 없이 매우 무례하게 어깨를 들썩이곤 방을 나갔다.

꾀병이 아니다. 페렐라는 정말 상태가 나빴다. 길거리에서 그런 봉변을 당하다가, 그 악동들이 놀이에 싫증을 낸 뒤에야 간신히 빠져나와 왕궁으로 돌아온 게 어제저녁이었다. 상태가 나빴다. 정말 나빴다. 온몸이 찢어지는 것 같았다. 어디가 아픈지 콕 짚어서 말할 수는 없으나 확실히 고통은 극에 달했고 기운이 하나도 없었으며, 그 맑은 회색 눈은 눈물로 그렁그렁했다. 머리는 텅 빈 듯했고, 이따금 온몸은 매우 강한 발작에 시달렸다.

장화가 닿는 자리가 차갑게 느껴지더니, 몸 전체가 차가워졌다…… 몸을 따뜻하게 하고 싶은 마음이 굴뚝 같았다. 그러나 온화한 봄의 계절이라 난로에 불을 지펴달라고 감히 요청할 수가 없었다.

　아무도 그를 찾아오지 않았다. 의사만 와서 잠시 머물다가 거칠고 무례한 태도로 가버렸다.

　그는 생각한다.

　'무슨 일이 일어나는 거지? 아! 돌아오지 않았더라면 얼마나 좋았을까! 어제저녁에 난 행복했는데. 하늘 가까이 오른 기분이었잖아. 왜 돌아온 거야? 대체 이 땅은 뭐지? 나를 차가운 계곡으로, 그 탁하고 흐린 후미진 곳으로 또다시 끌어당기고 있잖아? 아! 그 아름다운 언덕, 내가 온전히 맛보았던 나만의 푸르름! 나를 어떻게 하려는 걸까? 분명 무슨 일이 일어나고 있어. 나한테 좋지 못한 뭔가를 준비하고 있다고. 무엇 때문에 그럴까? 오! 알로로가 아직 여기 있다면! 그 사람은 죽었어, 죽었다고…… 죽었어…… 사람들은 나 때문에 죽었다고 할 거야. 내가 죽음의 원인이라고 할 거야. 그는 죽었어…… 지금 이 상태의 나를 공감해줄, 뭐가 일어나는지, 사람들이 내게 무얼 하려는지, 무슨 계획을 하고 있는지, 와서 말해줄 유일한 사람일 텐데. 분명히 나에게 뭔가 안 좋은 일을 계획하고 있어. 모든 것이 내 눈앞에서 한순간에 뒤집어졌다고…….'

　페렐라가 이런 생각에 잠겨 있는 동안 방문이 살짝 열렸다. 그리고 사각거리는 비단 베일 소리가 들리더니 누군가 구름처럼 살며시 들어왔다. 올리바 디 벨론다 후작부인.

"나를 들어오지 못하게 했어요. 그래서 기병과 몸싸움을 했어요…… 기병은 총검으로 찌르겠다고 위협했어요…… 내 몸에 불을 붙이겠다고요…….

왕에게 도움을 요청했지만 소용없었어요. 장관들, 귀족들, 다 소용없었어요, 아무 소용없었어요. 비열한 것들! 날 도와준 딱 한 사람은 왕비였어요. 정확히 무엇을 했는지는 모르지만, 나를 위해 간청한 것 같고, 그래서, 어떻게 된 일인지는 몰라도, 나를 들여보내줬어요. 그저 이 말만 하려고 왔어요. 아직 당신을 사랑한다고요. 모든 것을 다 알고 난 뒤에, 사람들한테 어제저녁 그 일을 전해 들은 뒤에…… 난 기운이 빠지고 바스러졌어요…… 아! 당신을 구하러 달려갈 수 있었다면…… 어젯밤에 아이들을 바라보면서 증오와 분노의 화염에 휩싸였어요…… 하지만…… 그러고 나서 생각했지요. 그저 어른들 잘못이다, 아이들에게 보복하는 것은 훨씬 더 큰 고통일 뿐이다…… 아! 내가 달려갈 수만 있었다면, 당신을 도우러, 당신을 구하러!

친구여…… 당신에게 무슨 일이 닥칠지 모르겠어요…… 지금 이 순간 그 비열한 자들이 당신 거취를 결정하기 위해 다시 위원회를 소집했다고 알고 있어요…… 어떤 결정이 내려질지 아무도 몰라요…… 하지만…… 확실한 것은…… 확실한 것은 그들이 희생자를 원한다는 사실이에요. 하나가 아니라 둘, 셋…… 가능한 한 많이…… 그 냉혹한 짐승들의 허기는 끝이 없어요! 그들은 당신에게 해악을 끼칠 거예요. 장담해요. 나는 싸울 거예요. 당신을 구하기 위해 뭐든

할 거예요. 뭐든, 뭐든, 적법한 일은 뭐든 하고 말 거예요! 내 눈앞에 불가능한 일은 없을 거예요! 당신을 돕기 위해 끝까지 모든 힘을 다할 거예요! 그들이 당신을 부숴버린다면, 만일 그들이 그렇게 한다면, 난 그냥 당신과 함께 죽어 사라지고 싶을 거예요. 그러면 나는 평온해질 거고, 행복할 겁니다! 하지만 떨려요…… 당신이 나 없이 추락해버린다면…… 바로 그것 때문에 떨려요…… 당신과 함께 사라지고 싶어요. 아시겠어요? 당신과 함께 죽고 싶다고요! 이것만이 내가 추구하는 나의 인생이에요…… 만일 그들이 만행을 저지른다면 나는 모든 수단을 강구할 겁니다. 불을 사용할 거예요. 방화를 하고 태울 거예요. 심장을 꿰뚫기 위해 날카로운 칼을 사용할 거예요, 웃으면서. 그들에게서 배운 모든 악과 거짓을 나의 신경망, 영혼과 육체로 연결할 거예요. 당신과 함께 죽어갈 수 있을 때까지 증오의 웃음을 지으며 독살할 거고, 파괴할 거고, 파괴할 거고, 또 파괴할 거예요. 페나여! 레테여! 라마여! 나의 무자비한 손에 파괴의 무기를 주소서, 복수의 힘을 주소서!

무슨 일이 일어날지 나는 몰라요…… 그러나…… 기억해주세요…… 나는 늘 당신 곁에 있다는 것을…… 영원히, 영원히…… 안녕…… 나의 위대한 사랑이여!"

올리바 디 벨론다 후작부인이 유령처럼 사라지자마자 페렐라는 이 여자의 사랑과 희생, 자기를 사랑했던 유일한 존재를 생각한다. 알로로를 생각한다.

'그녀도 자신의 사랑으로 타버리겠지. 알로로가 헌신으로 타버렸듯이. 하지만 사람들이 나를 증오할 이유가 있어. 나를 사랑한다는 것이 져서 쓰러지는 걸 의미한다면, 그들이 옳아. 살아남고자 하는 본능에 충실한 거야. 왜 알로로는 자살을 했을까? 왜 이 여인은 죽고자 하는가? 나는 그들에게 아무 말도 하지 않았어. 사랑과 우정이 보답을 받으리라 기대하게 할 만한 일도 하지 않았지…….'

이때 문이 다시 열리고, 사각형의 머리에 금테 안경을 쓴 귀족이 문가에 모습을 드러낸다. 그 뒤로 머리 두 개가 더 나타니 호기심에 찬 눈으로 방 안을 들여다본다.

"페렐라 씨, 내일 정오에 사법부의 호출이 있을 겁니다. 직접 변론과 변호인을 준비하시기 바랍니다."

페렐라의 재판

법정은 사람들로 가득하다.

페렐라는 몇 분 전에 피고인석에 앉았다. 제복을 입은 경위 열 명에 둘러싸여 있다.

그가 나타나자 경멸과 조롱, 야유, 폭언의 아우성이 한꺼번에 격렬하게 휩쓸고 지나갔다.

몇 분이 지나서야 법정은 침묵과 안정을 되찾았다.

페렐라는 늘 그 모습 그대로다. 전혀 변한 것이 없다. 주변에서 일어나는 일에 거의 관심을 보이지 않는다.

방청객은 그야말로 초만원이다. 우아한 신사 숙녀들이 몰려들었다. 남녀노소 할 것 없이 다 모였다.

난간 뒤부터 문에 이르기까지 엄청난 수의 사람이 법정을 발 디딜 틈도 없이 꽉 채웠다.

법정에 이르는 길과 그 주변은 벌써 아침 7시부터 사람들로 미어터지고 있었다.

페렐라를 태운 마차가 도착하자 야유의 휘파람 소리, 고함 지르는 소리가 무시무시한 폭풍처럼 터져 나왔다.

10시다. 법무부 장관이 판사들과 함께 대기 중이다.

모든 시선이 피고인을 향한다. 어떻게든 페렐라를 보려고 자꾸만 고개를 쳐들고 기웃거리는 사람들 머리가 법정 뒤편에서 바다가 되어 일렁인다. 그렇게 쳐들었다가 낮추는 동작은 마치 감자들의 너른 바다에서 몰아치는 폭풍 장면을 연상시킨다.

법정은 수군거리는 소리로 가득하지만 어떤 말도 알아들을 수 없다.

사람들이 숨 쉬는 공기는 눅눅하고 습하다. 썩어가는 나무와 썩어가는 벽지에서 나오는 냄새가 젊은 사람, 늙은 사람들이 내쉬는 숨과 뒤섞인다. 말도 안 되는 얘기지만, 우비강 향수의 아롱대는 향내가 공기 속에 스며들지도 모른다. 아주 잠시만 아른거리다가 흩어진다. 여인의 미소, 상처를 주는 짓궂은 미소와도 같다. 면도날처럼 날카롭다. 사람들이 뒤섞인 혼돈의 상태는 그 뒤섞임으로 완성된다. 대형 극장이나 대학의 대형 강의실과도 같다. 그러나 대규모 재판을 앞둔 법정은 그 자체만으로도 압도적인 완성도를 지닌다.

섬뜩한 침묵이 흐른다. 법무부 장관이 입장한다. 갑자기 법정이 텅 빈 듯 느껴진다. 마룻바닥을 긁는 의자의 덜그럭대는 소리가 들려온다. 폭풍우를 예고하는 천둥 같다.

법무부 장관은 앉지도 않고 주변을 얼어붙게 만드는 시선으로 법정을 둘러본다. 페렐라만 몸을 조금씩 흔들고 있다.

"개정 전에…… 피고인의 변호인은 누구입니까?"

침묵. 장관이 페렐라를 쏘아본다. 페렐라는 여전히 알아채기 힘들 정도로만 몸을 흔들고 있다.

"피고인! 변호인은 누구입니까?"

침묵. 빽빽한 분위기에 균열이 나기 시작한다.

"변호인이 없습니까? 당신은 변호를 받을 권리가 있습니다!"

삐걱거리는 소리, 웅성거리는 소리가 뒤섞여 들리기 시작한다.

"그렇다면, 변호를 맡을 분이 있습니까?"

삐걱거리는 소리가 더 커져간다.

"아무도 없습니까?"

심연 같은 것이 만들어지다가 격한 소음으로 갈라지기 시작한다.

"피고인을 변호할 분이 없습니까?"

심연이 갈라지며 요동치고, 모든 것이 조각조각 부서진다.

"증거가 있는데 피고가 입까지 다물고 있으면 유죄 판결을 내리고도 남습니다만?"

모든 것이 무너져 내리고, 떨어져나가고, 허물어진다. 산산조각 난다.
침묵.

"마지막으로 묻습니다. 피고인을 변호하는 수고를 하실 분이 이 안에 있습니까?"
"나요."
"여자인데?"
"올리바!"
"올리바!"
"벨론다 후작부인!"
"미쳤어!"
"여자들은 자격이 없습니다!"
"여자들을 내보내야 합니다!"

"여자들은 누구를 변호한 적이 없습니다!"

웅성거리고 부르짖고 말싸움이 벌어지고 웃고 코를 풀고 재채기를 하고 욕설을 퍼붓고…… 방청석에서 종소리가 울리고 큰 소리가 들린다. 조용히 하라 외친다. 법무부 장관의 외침이다. 그러나 더 큰 소음이 생겨난다.

"부인! 여자들의 말은 법정에서 어떤 무게나 효력을 지닌 적이 없습니다."
"페렐라 씨는 변호를 받을 권리가 있습니다."
"하지만 여자의 변호는 안 됩니다."
"남자들은 너그러운 말이라고는 단 한마디도 안 하니까 여자의 말이라도 들어야지요."
"재판이 아주 엉망진창이 되는구먼."

"기소장!"
"조용히 하세요!"
"조용히 하세요!"

종소리가 허공에서 춤을 춘다. 침묵을 깨뜨리는 종소리는 열다섯에서 스무 살 사이의 열렬한 추종자들을 거느리고 말싸움을 시작하는 늙은 후작부인의 목소리처럼 느껴진다.

"기소장!"
"피고인! 피고인은 왕과 국가 위원회, 여론을 기망하기 위해 사악한 술수를 부린 혐의로 기소되었습니다. 피고인은 자신의 절대적인 무능을 충분히 알았으면서도 기가 막힌 천성을 이용하여 나라의 숭고한 일을 위해 준비된 사람이라고 믿게 했습니다.

그것은 피고인의 부당하고 포악한 목표를 위한 것이었습니다. 국가가 피고인을 환대하여 맡긴 업무를 즉각 중단하고 반납하기는커녕 마지막 순간까지 유지했습니다.

피고인은 한 사람을 자살로 몰고 가기 위해 이미 말씀드린 사악한 술수를 사용한 혐의로 기소되었습니다. 알로로는 피고인의 첫 번째 희생자입니다. 피고인은 파괴, 방화와 살인을 위한 선전을 행하고, 인명과 재산에 불을 놓아 이 분야 독보적인 인물이 되었습니다. 피고인은 오로지 음해의 목적으로 법에 어긋나는 수상한 힘을 이용하여 우리나라에 잠입한 죄로 기소되었습니다. 피고인의 변호를 시작하기 바랍니다."

잠시 침묵이 흐른다. 법정 전체가 조용하다. 사람들은 변호를 기대한다. 종소리도 일절 들리지 않는다.

페렐라가 미세하게 몸을 움직여 말하려는 자세를 취하고 약간 몸을 흔들기 시작하자마자, 방청석은 더 완벽한 침묵으로 돌아간다.

"나는 가볍습니다."

평온한 목소리로 발음한다. 표정은 절대적으로 침착하고 냉정하다.

"계속하세요, 변호를 계속하세요!"
"나는 가볍습니다."

법정이 시끄러워진다. 분개하는 목소리가 여기저기서 튀어나온다.

"아! 피고인은 이 단 한 문장의 말로 우리를 끝까지 모욕하고 있습니다! 악의에 찬 조롱으로 다시 한번 농락하고 있어요! 피고인은 우리가 가장 가벼운 사람에게 가장 무거운 임무를 맡겼다는 말을 하고 싶은 건가요? 하고 싶으신 얘기가 바로 그거 아닙니까? 그러나 우리는 그 임무를 빼앗았습니다! 그리고 이제는 합당한 벌을 주고자 합니다. 피고 개인의 알 수 없는 힘은 이제 다 드러났습니다. 피고인은······ 세 마녀의 자식입니다!"
"아닙니다! 아니에요, 아니라고요! 페나! 레테! 라마! 나를 보세요. 당신들은 내가 어디 있는지 봅니다. 무덤 밖으로 나오세요. 그리고 마녀가 아니라고 나한테 말해줘요!"

많은 사람이 그 극적인 순간에 얼굴을 찌푸리며 분개한다. 그러나 여기저기서 하얀 손수건을 펴 드는 모습들도 보인다.

"페렐라 씨. 마지막입니다. 변호를 해주시기 바랍니다."
"나는 매우 가볍습니다."
"당신은 무거워지기 시작하는 듯 보입니다."
"왜 그자가 자기변호를 해야 합니까! 자기도 자기 죄가 얼마나 큰지 알고 있습니다!"
"그자는 지금 판결을 기다리고 있습니다!"
"조용히 하세요!"
"다른 할 말은 없습니까? 증인 신문으로 넘어가겠습니다."

격렬한 토론, 자잘한 논쟁, 인사, 미소, 몸짓…… 모든 것이 역동적이다. 단지 법정 중간, 앞쪽 방청석에 서 있는 한 여자만 머리를 숙인 채 기다리고 있다. 그녀는 올리바 디 벨론다 후작부인.

"우리의 대주교 예하."
"대주교께서는 피고인과 교류가 있었습니까?"
"네."

"어떻게 생각하셨습니까?"

"국가와 교회에 유해한 존재라 생각했습니다."

"그가 왕의 의견, 장관들의 의견, 여론을 기망하기 위해 사악한 술수를 부릴 수 있었다고 생각하십니까?"

"능히 그럴 만한 사람이라 봅니다."

"그가 알로로의 죽음에 책임이 있다고 생각하십니까?"

"그렇습니다."

"그가 살인과 방화의 선전을 계속했다고 생각하십니까?"

"네."

"대주교께서는 어떻게 하길 원하십니까?"

"참수가 가능한지 검토해보겠습니다."

"화가 크레센초 파케토입니다."

"당신은 피고인과 교류가 있었습니까?"

"네."

"어떻게 생각하셨습니까?"

"경멸스러운 존재입니다."

"기망 등등을 위해 사악한 술수를 부릴 수 있었다고 생각하십니까?"

"네."

"그가 알로로의 죽음에 책임이 있다고 생각하십니까?"

"네."

"방화 등등의 선전을 계속했다고 생각하십니까?"
"네."
"어떻게 하길 원하십니까?"
"대단히 용의주도하게 굴뚝 안에 넣고 가두기를 바랍니다."

"은행가 포르투나토 로델라입니다."
"당신은 피고인과 교류가 있었습니까?"
"네."
"어떻게 생각하셨습니까?"
"협잡꾼이라 보았습니다."
"기망 등등을 위해 사악한 술수를 부릴 수 있었다고 생각하십니까?"
"네."
"그가 알로로의 죽음에 책임이 있다고 생각하십니까?"
"네."
"방화 등등의 선전을 계속했다고 생각하십니까?"
"아무 문제 없이 했겠지요."
"어떻게 하길 원하십니까?"
"기둥에 묶었으면 합니다."

"시인 이시도로 스코피노입니다."
"당신은 피고인과 교류가 있었습니까?"
"네."
"어떻게 생각하셨습니까?"
"매우 저속한 허풍쟁이입니다."
"기망 등등을 위해 사악한 술수를 부릴 수 있었다고 생각하십니까?"
"네."
"그가 알로로의 죽음에 책임이 있다고 생각하십니까?"
"당연합니다."
"방화 등등의 선전을 계속했다고 생각하십니까?"
"조직적으로요."
"어떻게 하길 원하십니까?"
"비평가들의 먹잇감이 됐으면 합니다."

"철학자 안졸리노 필라, 일명 필로네입니다."
"당신은 피고인과 교류가 있었습니까?"
"네."
"어떻게 생각하셨습니까?"
"멍청이입니다."
"기망 등등을 위해 사악한 술수를 부릴 수 있었다고 생각하십니까?"

"멍청이다운 술수입니다."

"그가 알로로의 죽음에 책임이 있다고 생각하십니까?"

"둘 다 멍청했죠."

"방화 등등의 선전을 계속했다고 생각하십니까?"

"네, 멍청이들과 함께 말입니다."

"어떻게 하길 원하십니까?"

"멍청이 하나 있으나 마나……."

"당신은 멍청이 아닌가요? 철학자라면서 천박하고 상스럽고 문란한 사상만 퍼뜨리지 않았습니까! 당신의 그 멍청한 머리에서 나온 생각을 받아들이라는 건가요?"

"후작부인! 당신 차례가 아닙니다."

"조용히 시키세요!"

"입 다물라 하세요!"

"재판이 뒤죽박죽입니다!"

"완전히 같잖네요! 같잖다고요!"

"공작부인 초에 볼로 필초입니다."

"당신은 피고인과 교류가 있었습니까?"

"네."

"어떻게 생각하셨습니까?"

"매우 추악했어요."

"기망 등등을 위해 사악한 술수를 부릴 수 있었다고 생각하십니까?"

"추악한 술수지요."

"그가 알로로의 죽음에 책임이 있다고 생각하십니까?"

"네."

"방화 등등의 선전을 계속했다고 생각하십니까?"

"네."

"어떻게 하길 원하십니까?"

"미라들 사이에 처넣었으면 합니다."

"마리아 조콘다 디 카르텔라 부인입니다."

"당신은 피고인과 교류가 있었습니까?"

"네."

"어떻게 생각하셨습니까?"

"무능했습니다."

"기망 등등을 위해 사악한 술수를 부릴 수 있었다고 생각하십니까?"

"네."

"그가 알로로의 죽음에 책임이 있다고 생각하십니까?"

"네."

"방화 등등의 선전을 계속했다고 생각하십니까?"

"네."

"어떻게 하길 원하십니까?"

"음…… 모르겠어요."

"백작부인 클로에 피차르디니 바일입니다."
"당신은 피고인과 교류가 있었습니까?"
"네."
"어떻게 생각하셨습니까?"
"선량하지는 않았지요."
"기망 등등을 위해 사악한 술수를 부릴 수 있었다고 생각하십니까?"
"네."
"그가 알로로의 죽음에 책임이 있다고 생각하십니까?"
"네."
"방화 등등의 선전을 계속했다고 생각하십니까?"
"네."
"어떻게 하길 원하십니까?"
"정확히는 모르겠습니다……."

"나디나 준키 델 바케토 공주입니다."
"당신은 피고인과 교류가 있었습니까?"
"아니오."

"그러면 심문을 지속할 이유가 없습니다."

"하지만 내가 뭘 원하는지는 물어봐주면 좋겠어요."

"어떻게 하길 원하십니까?"

"그를 소중한 내 친구들 눈, 코, 목구멍에 쑤셔 넣고 싶어요."

"저속한 여자로군!"

"재판 중간에 존재감을 과시하고 싶은 거야, 그냥!"

"이 쓰레기 같은 사람들 사이에서."

"그래도 왕궁에서 우리를 물고 늘어지면 곤란해져요."

"비안카 델피노 비코 델레 카테네 공주입니다."

"당신은 피고인과 교류가 있었습니까?"

"네."

"어떻게 생각하셨습니까?"

"무덤에서 파낸 시체였죠."

"기망 등등을 위해 사악한 술수를 부릴 수 있었다고 생각하십니까?"

"네."

"그가 알로로의 죽음에 책임이 있다고 생각하십니까?"

"네."

"방화 등등의 선전을 계속했다고 생각하십니까?"

"네."

"어떻게 하길 원하십니까?"
"무덤에 다시 파묻고 싶어요."

"에노스 코페르티노 양입니다."
"당신은 피고인과 교류가 있었습니까?"
"네."
"어떻게 생각하셨습니까?"
"동성애자입니다."
"기망 등등을 위해 사악한 술수를 부릴 수 있었다고 생각하십니까?"
"본성을 거스르면서요."
"그가 알로로의 죽음에 책임이 있다고 생각하십니까?"
"네."
"방화 등등의 선전을 계속했다고 생각하십니까?"
"네."
"어떻게 하길 원하십니까?"
"이바에게 친구로 붙여주고 싶네요."

"백작부인 카르멘 일라리오 덴차입니다."
"당신은 피고인과 교류가 있었습니까?"

"네."

"어떻게 생각하셨습니까?"

"사기꾼입니다."

"기망 등등을 위해 사악한 술수를 부릴 수 있었다고 생각하십니까?"

"네."

"그가 알로로의 죽음에 책임이 있다고 생각하십니까?"

"네."

"방화 등등의 선전을 계속했다고 생각하십니까?"

"네."

"어떻게 하길 원하십니까?"

"화형대를 마련했으면 합니다."

"백작부인 로사 라미노 리초입니다."

"당신은 피고인과 교류가 있었습니까?"

"네."

"어떻게 생각하셨습니까?"

"파렴치한입니다."

"기망 등등을 위해 사악한 술수를 부릴 수 있었다고 생각하십니까?"

"네."

"그가 알로로의 죽음에 책임이 있다고 생각하십니까?"

"네."

"방화 등등의 선전을 계속했다고 생각하십니까?"

"네."

"어떻게 하길 원하십니까?"

"광장에서 옷을 벗기고 채찍질을 했으면 합니다!"

"남작부인 젤라시아 델 프라토 솔리에스입니다."

"당신은 피고인과 교류가 있었습니까?"

"네."

"어떻게 생각하셨습니까?"

"보기 싫은 허수아비입니다."

"기망 등등을 위해 사악한 술수를 부릴 수 있었다고 생각하십니까?"

"네."

"그가 알로로의 죽음에 책임이 있다고 생각하십니까?"

"네."

"방화 등등의 선전을 계속했다고 생각하십니까?"

"네."

"어떻게 하길 원하십니까?"

"침엽수 숲에서 꼬챙이로 찔러 죽였으면 합니다."

"자코미나 바르베로 디 리오 보 양입니다."

"당신은 피고인과 교류가 있었습니까?"

"네."

"어떻게 생각하셨습니까?"

"제3의 성姓입니다."

"기망 등등을 위해 사악한 술수를 부릴 수 있었다고 생각하십니까?"

"네."

"그가 알로로의 죽음에 책임이 있다고 생각하십니까?"

"네."

"방화 등등의 선전을 계속했다고 생각하십니까?"

"네."

"어떻게 하길 원하십니까?"

"커다란 우리에 넣어두고 재미 삼아 구경거리로 만들면 좋겠습니다."

"올리바 디 벨론다 후작부인께서는 할 말이 있으십니까?"

"한 말씀만 드리겠습니다. 증인들의 증언이 끝나고 나서 보니, 드릴 말씀은 딱 한 가지뿐입니다. 나는 매우 가볍습니다."

고함과 휘파람 소리가 여기저기서 터져 나온다. 입으로 배설

하는 추잡한 소리가 들리고, 작은 나팔 소리도 들려온다. 올리바디 벨론다 후작부인은 동요하지 않고 기다린다.

"저 여자도 우리 속에 가둬라!"
"저 여자의 비겁한 애인도 함께 가둬라!"
"함께 묶어라!"
"뻔뻔스럽기도 하지!"
"저 돼지 같은 페렐라와 똑같이 광장에서 마구 때려라!"

머리를 숙이고 있던 후작부인이 팔을 든다. 소요가 잠시 가라앉는다.

"그래요. 마음껏 모욕하세요…… 욕을 해주세요…… 좋습니다…… 좋습니다. 당신들은 위대한 대상에만 욕하니까요!"

고함과 휘파람 소리.

"당신들은 배신밖에 할 줄 아는 게 없을 겁니다! 사람들은 피투성이 자궁에서 생기고 자라나, 육신을 잡아 찢는 섬망의 상태에서 근육을 비트는 끈적끈적한 파충류처럼 기어 나오지만, 그분은 모든 종족, 모든 핏줄을 넘어서는 곳에 계십니다! 풍요로운 옛 시대의 세 처녀가 유방에서 나오는 구역질 나는 동물의 체액이 아니라 목소리의 마력, 우람한 떡

갈나무와 전나무에서 나오는 불꽃의 열기로 그분을 키웠습니다. 당신들은 당신들에게 다가왔던 운명을 한때는 맹목적으로 축원했습니다. 이제는 똑같이 맹목적으로 그분을 비난하는군요. 비열한 사람들이여! 모욕이나 거짓말밖에 할 줄 모르는 자들이여!"

고함, 휘파람, 추잡한 소리.

"당신들은 그분께 도둑이나 살인자가 받는 고통을 준비하고 있지만, 그분은 당신들에게 새로운 존재였어요. 당신들은 그분과 더불어 적어도 새로워질 수 있는 겁니다!"

고함, 휘파람, 나팔, 온갖 종류의 소음. 후작부인은 온 힘을 다해 부르짖지만, 바로 옆에 있는 자들만 들을 수 있을 뿐이다.

"알로로의 최후는 그분 능력의 가장 위대한 증거 아닙니까? 그분이 자신의 매력으로 모든 것과 모든 사람을 하늘에 이르는 숭고한 소망으로 불태웠을 때, 그분은 모든 인간 가운데 가장 위대한, 끝도 없이 가장 위대한 분 아니있을까요?"

"미쳤군!"
"입을 틀어막아라!"
"여자는 별수 없어!"
"사랑에 빠진 거야!"

"얼빠진 것!"

소음은 커져가고, 여기저기서 이런저런 악담과 욕설이 들려오기도 한다. 장관 자리에서는 종소리가 챙챙 울린다.

"조용히 하시오!"
"저주의 말에 담긴 독 때문에 푸르뎅뎅하게 변한 험악한 얼굴들이여, 그분을 보세요! 그분은 평온하고 차분하며 고요합니다! 그분이 혐의를 벗기 위해 무슨 말을 했습니까?
'나는 매우 가볍습니다.'
나도 지금 순간부터 그분처럼 가볍다 느낍니다. 그리고 당신들 모두의 분노를 거부합니다. 나 혼자 당신들에 맞서서 당신들 모두를 거부합니다!"
"저 여자 입을 다물게 하세요!"
"여자라니까!"
"사랑에 빠진 거야!"
"날 보세요, 내 얼굴을 보세요! 내 눈은 빛을 내고, 내 입술은 미소를 지어요! 이 무리에서 나는 행복합니다. 당신들이 나 홀로 그분과 함께하도록 해줬으니까요!"
"그만 좀 하시지!"
"그만 좀 하시지!"
"당신은 여자야!"
"사랑에 빠진 거야!"
"그게 당신의 방어막이야!"

"그게 당신의 형벌이야!"

"사람들 가운데서 나는 홀로 당신과 함께한다고 느껴요. 사막 한가운데서 우리 단둘이 함께 있다고 느껴요! 그래요! 이제야 마침내 말할 수 있어요. 당신을 사랑해요……."

"창녀!"

"제발 그만 좀 하시지! 조용히 하라고!"

"여자의 방어막이 어떻게 끝날지는 어차피 뻔한 거야!"

"추잡하다!"

"무서워요. 난 갑니다."

"아니요, 제발 가지 마세요."

"그녀가 지금 우리 여자들을 다 위험에 빠뜨렸어요!"

"당신들은 우리 모두에게 편견을 가진 겁니다!"

"조용히 하세요!"

"우리는 이제 법정을 믿을 수 없을 거예요!"

"조용히 하세요!"

"형벌을!"

"형벌을!"

"감옥을!"

"미라들 사이에 둬라!"

"이바와 함께 처넣어라!"

"옳소!"

"옳소!"

"이바와 함께!"

"카툴바가 왔다!"

"카툴바!"

"유명한 카툴바!"

"그 카툴바가 법정에 왔다."

"그녀에게 질의하라!"

"그녀는 인간 만사를 다 알고 있다!"

"말씀해보세요, 어서요!"

"말씀하세요!"

"비난이든 옹호든 한 말씀만 해주세요!"

"그렇습니다."

"그렇다고 말씀하셨다."

"그렇다고 말씀하셨어."

"뭐가 그렇다는 건데?"

"계속해보세요!"

"유죄라는 겁니까?"

"무죄라는 겁니까?"

"조용히 하세요!"

"그렇습니다, 라고요? 뭐가요?"

"더는 아무 말도 하지 않으시네!"

"무슨 말을 할지 모르시는 거야! 그게 이유야!"

"여배우들은 무대만 벗어나면 멍청하기 짝이 없다니까."

" 완곡하게 말하는 것밖에 할 줄 모르셔."

"그렇게 하시도록 그냥 내버려 둡시다!"

"형벌을!"

"형벌을!"

"칼레이오로!"

"칼레이오로!"

"칼레이오로 보냅시다!"

"차를리노 왕자!"

"차를리노 왕자?"

"사람들이 미친 자들을 풀어주었다! 사람들이 미친 자들을 풀어주었다!"

"무슨 일이 일어날까?"

"봐, 보라고!"

"서로 부둥켜안고 있어!"

"참으로 아름다운 한 쌍이로군!"

"서로 부둥켜안았다고!"

"회색 벨벳 옷을 휘감은 차를리노 왕자가 수은 색깔의 연고를 얼굴에 잔뜩 바르고 이틀 동안 정신병원에서 페렐라와 어울렸다고 합니다."

"형벌을!"

"형벌을!"

"칼레이오로 보내자!"

"칼레이오로 보내자!"

"왕비의 사자가 도착했다!"

"전언을 들어봅시다!"

"왕비께서 왕궁에서 초조하게 기다리고 계십니다. 팔을 늘어뜨리고 방에서 방으로 오가며 '하느님' 단 한 마디만 반복하고 계십니다."

"위대한 분들은 말을 적게 하는 법이지!"

"왕비 만세!"

"벨론다 후작부인을 끌어내려라!"

"왕비가 하느님을 들먹인다고? 자기보다 더 강하다고 믿는 존재를 들먹이는 사람은 두려움을 못 버리는 나약한 사람이에요!"

휘파람 소리가 전보다 더 예리하게 후작부인의 목소리를 완전히 뒤덮는다.

장관이 일어나서 판결문을 읽을 준비를 한다. 법정은 점차 쥐 죽은 듯 조용한 침묵에 잠겨 든다.

"무기명 평결에 따라 피고인은 유죄로 판명되었으므로, 본 법정은 피고인에게 종신 금고형을 선고한다."

"비겁하다! 비겁하다! 비겁하다!"

"그 여자도 함께 보내라!"

"그는 일반 감옥에 수감되지는 않을 것입니다. 칼레이오 산 정상에서 우리 사이로 분열과 파괴를 몰고 내려왔으므로 칼레이오 산 정상에 위치한 소형 독방에 구금됩니다. 그곳에 유폐될 것입니다."

"잘한다!"

"좋다!"

"우리가 거기까지 데려가자!"

"비겁하다! 비겁하다! 비겁하다!"

"유폐해라!"

"좋다!"

"장관 만세!"

"전하!"

오직 왕만이 판결을 취하할 수 있다.

"왕의 판단."

법정 중간, 방청석보다 높은 곳에 있는 큰 문이 열리더니, 거대한 유리문 뒤에서 왕의 모습이 나타난다.

이 순간 모두가 숨을 멈춘다. 법정 중앙에서 벌어지는 장면에 관심을 집중한다. 오로지 한 여성의 가슴이 심하게 들썩이며 헐떡이는 소리만 들려온다.

"올려요, 올려요, 올려요, 올려요, 제발."

마치 왕의 손을 들어 올리기 위해 영혼의 힘을 쥐어 짜내는 것처럼 들린다. 왕이 문의 차양이 열려 있는 60초 안에 오른손을 들어 올리면, 판결은 무효가 된다. 만일 오른손을 움직이지 않으면 판결은 돌이킬 수 없이 승인된다.

순간순간이 발작적으로 흘러간다.

"올…려…요…… 올…려…요…… 비겁해요! 비겁해요! 전하도 비겁합니다!"

"왕을 위하여!"

"왕을 위하여!"

"그녀를 포박하라!"

"그녀를 포박하게 하라!"

"비겁한 자들이여! 나는 죄 없는 자가 어떻게 유죄 판결을 받았는지 알리기 위해 세상으로 나아갈 것입니다. 모든 왕궁, 모든 왕국으로 달려가 저들이 이 치욕스러운 일을 어떻게 저질렀는지 전하겠습니다. 그리고, 당신, 거짓말쟁이 장관은 죄 없는 사람을 유죄로 판결한 이유를 질문받게 되거든, 그분이 무슨 죄를 지었는지 질문을 받을 때가 오면, 뭐라 대답하시겠어요?"

"그는 사람이 아닙니다."

"그러면 올리바 디 벨론다 후작부인은 뭐라 대답하시겠습니까?"

"이 순간부터 올리바 디 벨론다 후작부인은 자기 행동에 책임이 없습니다!"

"아! 좋습니다! 훌륭합니다! …… 오! 당신들은 나를…… 나를…… 부숴버리는군요! 내가…… 졌습니다. 내가 졌어요. 당신들이 나를 밟아버렸어요. 이제 패자로서 말합니다. 패자로서 적어도 탄원은 할 수 있습니다. 승자는 약자에게, 이미 탈락한 자에게 작은 은총은 허용하는 법입니다……."

"말해보세요."

"그분은 감옥에서 음식을 요구하지 않습니다. 다른 죄수들과 다릅니다. 독방에 의자 하나 놓아달라고도 요청하지 않습니다. 이바는 그분의 보물을 훔치고 나서 원하는 만큼의 포도주를 제공받았습니다. 그러나 당신들은 그분이 불꽃의 자식임을 잊을 수 없습니다. 그 점을 부정할 수 없습니다…… 재판부에 간절히 요청합니다. 그분의 협소한 독방에 조그만 난로라도 놓아달라고 부탁드립니다. 그가 태어났던 그 난로, 그가 어머니들의 불과 목소리로 행복하게 키워지고 성장한 그 난로 말입니다. 장작 한 토막 제공하실 필요도 없습니다. 내가, 내가 매일 저녁 불을 가지고 가서 그분의 몸을 데우고, 차가운 밤 그분의 불쌍한 눈을 살아 있게 하겠습니다. 이렇게 작은 은혜만이라도 허용해주시기 바랍니다. 이렇게…… 무릎 꿇고 요청합니다."

"일어나세요, 일어나세요, 후작부인. 은혜를 베풀겠습니다. 독방에 난로를 반입할 거고 원하시는 만큼의 나무를 들여보내도록 문에 구멍을 뚫겠습니다. 그리고 그 구멍으로 당신은 매일 사랑하는 사람을 볼 수 있을 겁니다."

"우!"

"진흙* 덩어리로군!"

"진흙을 뒤집어썼어!"

"진흙이라고? 페렐라 씨는 얼마 전까지 당신들이 외치는 흥겨운 소리를 들었지. 모두 한목소리로 '사랑하는 사람아'라고 했지."

"사실이 아냐!"

"거짓말!"

"사기를 치고 있어!"

"그때는 진흙이란 말을 하는 사람은 없었어요. 그때는 자랑으로 여길 수 없었던 내 사랑하는 사람이 여기 있어요. 그 사람을 보세요. 오늘 나는 그가 자랑스러워요. 우리는 동반자랍니다."

"뻔뻔스럽군!"

"사실이 아냐!"

"거짓말쟁이!"

"휴정됐어."

"잘 가요, 친애하는 젤라시아."

"잘 가요, 초에."

"참 끔찍하군!"

* 부끄러움, 치욕을 가리킨다.

"이제껏 아무도 벨론다를 입에 올리지 않을 만큼 품행이 방정했던 걸 생각하면 말이야."

"잔잔히 흐르는 물은 깊은 법이지."

"누가 뭐래!"

"우울하고 비관적인데 매우 온화해 보였어……."

"지극히 부드럽고……."

"안타깝게도 미치고 말았지."

"내 말이 그 말이야."

"비안카 델레 카테네도 자기 무덤에서 그런 소란은 벌이지 않았지."

"남편만 불쌍하지!"

"늘 입을 다물고 살았지!"

"그렇게 조롱하며 깔봤는데, 어떻게 기운을 낼 수가 있을까?"

"비안카는 이제 집을 목재 하치장으로 만들 참이야."

"남편은 벌목꾼으로 만들고."

"비안카가 마차를 타고 갈 때 아이들이 뒤에서 소리를 질렀다는군. 오늘 아침에 그녀가 여기 왔을 때 다들 그랬어. '페렐라 부인이 오셨네'라고."

"천하의 웃음거리가 되고 말았군!"

"자네, 오늘 저녁에 나디나 집에 오는가?"

"그럼."

"거기서 만나세."

"그러세."

"한 사람도 빠지지 않을 거야."
"당연하지. 아! 그래…… 페렐라 부인!"
"정말 딱하군!"

페렐라의 법전

재판이 끝나고 나서 페렐라는 왕궁으로 돌아가 갇혔다. 초병 두 명이 숙소를 지키며 감시했다. 이제 그는 칼레이오의 꼭대기에 무덤 같은 거처가 마련될 때까지 그렇게 머물게 될 터였다.

왕과 장관은 판결 이후 직접 나서서 페렐라를 왕궁으로 데려오자고 결정했다. 많은 사람이 격렬하게 분노했고, 그를 여전히 사려 깊게 대우하는 처사는 이제 조롱의 대상이 되었다.

"왕은 뭐 때문에 이렇게 과도한 동정을 베푸신답니까? 다른 죄인들과 똑같이 취급해야 마땅합니다. 아니, 더 가혹하게, 훨씬 더 가혹하게 취급해야 합니다! 어떤 죄인도 자신의 죄를 정당화하거나 경감하려고 무슨 구실이 될 만한 말을 찾아내지 않습니다. 그런데 그 사람은 그런 말을 만들어내지 않았습니까! 대체 어쩌자고 산꼭대기에 그자를 위한 거처를 마련한단 말입니까? 혹시 정원이 딸린 집입니까? 다가올 여름을 나기 위한 안락한 거처라도 되는 겁니까? 판사들은 그자를 마지막까지 대놓고 편애하더군요."

이런 말들이 떠돌았다.

"범법자들은 당연히 범법자답게 다뤄야 합니다. 종신형을 선고받은 자가 왕궁에 들어와 왕자들과 동등한 보호와 대우를 받는 것을 보신 적 있습니까? 불쌍한 우리 왕께서는 저 무뢰한과 함께 기거하는 중대한 위험을 겪으셨으면서도 아직도 그자를 거머리처럼 계속 가까이 두고 계십니다. 정말 어리석은 분입니다! 모든 것이 그렇지만 선함도 경계가 있는 법이고, 그걸 넘어서면 우둔함, 자기만족, 비웃음이 돼버립니다! 왕은 그자에게 끝까지 편의를 봐주고자 하셨습니다. 이제 그자에게 주어지는 것은 그저 감옥뿐입니다! 잘못된 생각 아니었을까요? 그렇습니다! 대체 무엇을 만들러 간 겁니까? 이 너절한 짓 때문에 그들이 선택한 쾌적한 장소에 집을 한 채 지어야 한다니 이 얼마나 근사한 일입니까? 조만간 우리나라 모든 언덕은 그런 집으로 다 덮여서 일요일에 산책을 다니다 보면 그런 조잡한 집에 반드시 부딪히게 될 겁니다! 사람들은 신선한 공기를 즐길 뿐 아니라 로마의 신성한 아버지라도 되는 듯 순례에 순례를 거듭하며 스스로 뭔가 명예로워지는 기분도 들겠지요. 새로운 범죄자 처벌법 도입이 발전 법칙이라도 된다는 건가요?"

상황을 긍정적으로 보는 사람들도 있었다. 죄수가 왕궁에서 포르타 칼레이오로 가려면 반드시 도시의 중심 도로들을 가로질러야만 한다. 죄수는 마차를 탈 수 없기 때문에 걸어서 도시를 가로질러야만 한다. 사람들은 아주 편안하게 욕설, 조롱과 비웃음을 끝까지 퍼부을 수 있을 거라는 말이다!

모두가 그 순간을 초조하게 기다리고 있었다.

칼레이오 산의 돌을 가져다 지은 산꼭대기의 오두막은 이틀 전에 완공되었다. 약 2제곱미터의 독방은 바닥 아래로는 파였고 바닥 위로는 높이가 3미터쯤 되었다. 어둠에 뒤덮인 불길한 우물 같았다. 아래에는 철판을 덧대고 커다란 못을 다닥다닥 박은 작은 문이 달렸다. 위로 난 가로세로 약 20센티미터쯤 되는 작은 창은 두 개의 쇠창살로 가로막혀 있었다. 그 사이로 빛과 공기가 죄수에게 닿을 것이다. 어떤 죄수를 위해서도 이렇게 매정한 헛간을 만들지는 않을 것이다.

밖에서 작은 창으로 들여다보면 처음에는 눈을 어둠에 적응시켜야 했다. 창문에 얼굴이 다 들어가도록 완전히 밀착시키지 않으면 아무것도 보이지 않았다. 은둔자는 창문을 열어놓을 수도 닫아놓을 수도 있었다. 맞은편 벽은 난로가 다 차지했고, 지붕 위에 꽂혀 있는 연통으로 연기가 드나들었다. 태울 만한 나무를 얻을 수만 있다면 말이다.

칼레이오는 도시를 에워싼 여러 언덕 가운데 가장 높은 곳이다. 500미터 남짓한 높이다. 기슭은 녹색의 버젓한 나무로 뒤덮였고, 중턱까지는 정기적으로 작물을 심는 밭이 가지런하다. 그러나 중턱부터 꼭대기까지는 식물이 전혀 자라지 않는다. 토양이 석회질인 데다 폭우로 토질이 황폐해서 경작할 수가 없고, 돌과 모래뿐인 척박한 땅에서나 자라는 식물 외에는 생겨나지 않는다. 그래서 중턱 위로는 이런저런 모양의 돌이 마치 폐허 같은 광경을 연출하고 있다.

침엽수가 늘어선 아름다운 길이 주도로에서 살짝 비켜나 칼레이오가 경작지로 덮이는 곳까지 이어져 있다. 그 길이 끝나는 지점부터 꼭대기까지는 바위 사이의 띠처럼 구불구불하게 바람이

부는 오솔길을 따라 올라가야 한다. 꼭대기의 자그마한 평지 위에 죄수의 우물이 있다. 거기에서 도시 전체의 전망이 한 눈에 내려다보인다. 밀집한 주거 분지가 점차로 넓어지다가 길게 늘어선 언덕 기슭으로 오르며 차츰 퍼져나간다. 한번 눈을 돌리기만 해도 그 매혹적인 근방 전체가 들어온다.

벌써 정오부터 거리는 사람들로 득실거리고, 왕궁 광장은 대형 주 계단에 이르기까지 혼잡하다. 군중이 왕궁 정문으로 난입하지 못하게 군인들이 길게 진을 치고 있다. 창문마다 열광과 흥분이 넘쳐난다. 집집마다 사람들, 친구들, 친척들이 가득하다. 이들은 광장 주변에 살지 않지만 운 좋게도 그 집에 사는 사람들을 안다. 페렐라는 처음 도시에 도착했을 때 지나온 그 길을 되짚어 가야 한다. 국민들이 마치 군주를 대하듯 환호성을 지르던 그날 저녁 의기양양하게 통과했던 그 길이다.

약속한 시간은 오후 1시였지만, 아무 일도 없이 지나가버린다. 왕궁의 창문은 모두 굳게 닫혀 있다.

평소처럼 모두가 그럴듯한 추론을 시작한다. 이런 상황에서 기다리는 사람이 30분이나 1시간 정도 늦는 것은 당연하다. 기다림이 전부다. 그럴싸해 보이려면 불가피하다. 무언가를 기다린다는 것은 그 일이 엄중하고 중요하다는 뜻이다. 왕은 국민을 더 기다리게 할수록 더 환영받는 법이다. 국민은 이유 없이 지치거나 포기하지 않고, 오래 기다린 대가를 요구한다. 목이 마를 때까지 재잘거리고 상상력이 고갈될 때까지 서로를 흥분시킨다. 왕, 대주교, 장관 등의 인물이 정해진 시간보다 5분 일찍 도착하게 되면, 그런 상황을 상상하지 못한 사람들은 냉대와 무관심을 보내고 말 것이다. 그리고 걱정으로 가득 차서 시계를 들여다보면서, 진지함이라고는 눈곱만큼도 없이 바쁜 일정보다 몇 분 앞서 있다는 사실에 기쁨을 느끼며 허겁지겁 도망치는 하찮은 인간으로 바라볼 것이다.

오늘 우리의 기대는 죄인을 향한 호기심, 증오와 함께 커진다. 국민들은 페렐라에게 느끼는 신성한 경멸과 정당한 분노를 희석시키려고 왕이 저 위에서 남몰래, 야간에 수행하라 한 명령을 걱정하기 시작한다!

"다들 아시겠지만, 왕은 이 혼란한 상황에서 페렐라를 빼내려 하고 우리는 여기서 얼간이들처럼 목을 길게 빼고 몇 시간이고 기다릴 겁니다! 왕은 그자에게 너무 물러요. 말로는 도저히 표현하지 못할 만큼 물러요! 표현 불가라고요! 장관들도 속이 다 뒤집힐 정도로 그자를 너무 곱게 대하고 있습니다! 벌써 2시가 다 되어갑니다……."

둥둥둥둥…… 둥둥둥둥…… 둥둥둥둥…… 두둥. 둥둥둥둥…… 둥둥둥둥…… 둥둥둥둥…… 두둥. 탱…탱…탱…탱…탱…탱…… 왕궁 대문의 보초병들이 뒤로 물러나고, 서로 2미터 간격을 두고 북재비 두 명이 먼저 나온다. 이윽고 페렐라가 모습을 보이고, 다른 북재비 두 명이 뒤를 잇는다. 이들은 처음 나온 두 명의 북재비와 사각 편대를 이룬다. 그 중앙에 선 죄인은 기운차게, 가볍게, 발걸음마다 뛰어오를 듯이 나아간다. 반면, 행렬은 마치 장례식을 치르듯 무겁고 느리게 움직인다. 뒤로는 총을 든 군인들이 열마다 두 발짝의 간격을 유지하고 네 개의 열을 지어 따르고 있다.

행렬은 북소리에 맞춰 무거운 걸음걸이로 왕궁의 웅장한 계단을 내려간다. 페렐라만이 계단을 오르는 듯이 보인다. 남은 계단을 단숨에 솟구쳐 오를 것만 같다. 그만큼 그의 움직임은 가볍고 또 가볍다.

종소리가 도시의 끝자락에 위치한 감옥에서부터 자욱한 대기를 가르며 퍼져나간다. 마치 죄인을 향해 죽음의 어뢰를 발사하는 것 같다.

왕궁 광장이 온통 시끌벅적하다. 한순간, 외침과 욕설, 휘파람 소리가 폭죽처럼 터져 나오기 시작한다.

행렬은 느릿하게 주도로로 나아가기 시작한다. 인도와 창문은 사람 머리로 빼곡해서 가게 주인들이 간판대에 머리가 보이게 무더기로 쌓아놓은 순무와 양파, 근대 다발처럼 보인다. 왕비 처소에서 이리저리 움직이며 숨어 엿보는 머리 몇몇이 창문에 비쳐 보인다.

행렬은 하늘을 수놓은 별에서 쏟아져 내리듯 외침과 욕설, 조롱이 난무하는 길로 접어든다. 어떤 창문에서 튀어나온 큼지막한 가래침이 죄인의 발치에 떨어졌지만, 페렐라는 몸을 돌리지 않는다. 금방 따라 하는 자들이 생긴다. 북재비들은 표적에서 가능한

한 멀리 떨어지려고 군중의 대열로 다가간다. 그러자 길 한가운데에 죄인만 유일한 표적으로 남게 된다. 사람들은 하나씩, 하나씩, 하나씩 도망치기 시작하고, 군인들은 점점 더 뒤처진다. 페렐라만이 중간에 남는다. 우박처럼 쏟아지는 액체의 화살 아래 꼼짝도 하지 않는다.

"초, 차, 슈, 크악, 퉤, 카악."

어디서고 간에 비 오듯 쏟아져 내린다. 어떤 것은 눈덩이 같고, 어떤 것은 아주 작은 수은 기둥水銀柱처럼 공중에서 빙글빙글 돈다. 어떤 것은 빛을 내고 어떤 것은 어두운 잿빛이며, 어떤 것은 누르스름하다. 모두가 땅에 떨어져 달걀흰자처럼 자국을 남기며 녹아내린다…… 모두들 이런 역겨운 짓을 하려고 어느새 고함을 멈췄다.

사람들은 천지만물을 위해 기계를 만들고 도구를 세련시켰다. 그러나 경멸을 표현하고 싶을 때, 싫어하는 사람 면전에서 가장 가혹하게 모욕하고 싶을 때, 몸뚱이 가장 깊숙한 곳에서 끌어올린 것을 사용한다.

포르타 칼레이오로 향하는 행렬을 뒤따르기 위해 많은 사람이 운집해 있다. 마차 한 대가 커튼을 드리운 채 멈춰 서 있다. 북재비들은 제 위치로 돌아왔고, 페렐라는 그들 가운데에 자리한다. 마차의 커튼이 조금 열리고, 파리한 얼굴이 흘끗 엿보인다.

북재비들은 계속해서 북을 두드리고, 군인들은 사열 종대로 행진하며, 수백 명이 뒤를 잇는다. 그 뒤로 검은 천을 덮은 마차가 마치 장례식에서처럼 천천히 뒤를 따른다.

사람들 무리는 점차 줄어들고 있다. 어떤 이들은 발을 멈추기도 하고, 어떤 이들은 돌아가버리기도 한다.

이제 침엽수가 늘어선 길 초입에 이른다. 칼레이오로 오르는 길목이다. 뒤로는 백 명 남짓한 사람과 검은 마차만 남아 있다.

길 끝에서 오솔길이 시작된다. 사람들 대부분이 멈춰 서성거리며 마지막 무리가 올라오는 광경을 바라본다. 마차가 멈추고, 올리바 디 벨론다 후작부인이 내린다. 페렐라와 군인들, 이삼십 명의 사람, 가장 집요하게 호기심을 놓지 못하는 자들이 남아 있다. 그들 뒤를 부인이 검은 옷을 끌며 힘겨운 오르막길을 오르고 있다. 아래로는 남은 자들이 길게 늘어서서 얼굴을 쳐들고 있다.

페렐라는 어쩔 도리 없이 독방에 갇혔다.

군인들이 되돌아가고 사람들이 따라 내려간다. 따로 남아 있던 부인이 감옥으로 다가가서 주위를 두 번 천천히 돌아본다. 그러다 창가에 멈춰서서 오랫동안 들여다본다. 그 사람은 벽난로 뚜껑 옆에 서 있다. 고고하고 침착하다.

'추울 거야.'

그녀는 생각한다.

'내일 저녁이면.'

그리고 다시 들여다본다. 그가 그녀를 바라본다. 말 한마디 나눌 힘도 없이, 소리를 내보려고 입을 벌리지도 않으면서.

군인들이 사람들과 함께 길을 따라 아래로 내려간다. 선두에는 검은 마차가 기다리고 있다. 부인이 피곤에 절어 어정쩡한 걸음으로 내려가기 시작한다. 태양은 저물어가고, 맞은편 산자락이 이글거리는 원판처럼 보인다. 빛과 열기만으로 이루어진 원판. 칼레이오의 산사면 아래로 검은 모습들이 작아져간다. 애증으로 이루어진 원판.

태양은 산 너머로 사라지고, 부인은 마차에 오른다. 말이 종종걸음으로 달린다.

"나는 이 벽난로 옆에 서서 위를, 작고 푸른 원통형을 올려다봅니다. 나는 거기에 속해 있습니다. 황혼 녘에 마지막 의지를 버립니다. 나의 발과 장화는 장화를 힘겹게 신었던 그날 그랬듯이 가지런히 놓여 있습니다. 나는 장화를 그렇게 둡니다. 나를 위해 처음 준비했던 그대로 말입니다 페나! 레테! 라마! 이 장화를 신고 땅 위를 걸어 다니라고 당신들이 내게 주었지요, 그렇지요? 어쩌면 장화 밑창이 다 닳을 때까지 걸어 다녀야 했을 겁니다. 사람들이 오늘처럼 나를 걸어 다니게 했더라면, 이 장화 밑창은 다 닳아버렸을지도 모릅니다. 그러나 사람들은 내가 늘 마차로 이동하게 해줬기 때문에 장화는 아직 상태도 좋고 훌륭하고 빛이 나며, 밑창도 전혀 닳지 않았습니다. 장화는 내가 가지고 있는, 당신들에게 줄 수 있는 유일한 물건입니다. 오, 인간들이여, 장화는 나를 당신들과 연결해줬습니다. 이제 내가 무엇을 진정으로 가치 있게 여기는지 알게 될 겁니다. 나는 이 장화 한 켤레를 소중하게 여겼습니다. 그것을 여기 남깁니다.

당신들은 가장 아름다운 이름으로 나를 불렀고, 가장 깊은 존경심으로 떠받들었으며, 성체처럼 경배했습니다. 그러다 무엇이 가치가 있는지를 깨닫고 나서는 나를 경멸했고 파충류처럼 깔아뭉갰으며, 모욕했고, 계속해서 멀리하여 결국에는 기억에서 지우고자 했습니다. 당신들은 내게 많은 것을 원했고, 나는 법전을 집필했습니다. 여기 법전이 있습니다. 내가 당신들에게 남길 수 있는 유일한 법전입니다. 이 법전이 이 땅에 남기는 나의 유일한 자질과 능력입니다.

이 황혼 녘, 작은 회색 구름 한 점이 사람의 형상을 하고 있습니다. 구름은 무슨 형상이든 지어냅니다. 위로 날아오르기도 하고 태양을 향해 지평선을 가로지르기도 합니다. 그런 구름을 알아보는 사람은 아무도 없습니다. 아마도 어떤 가련한 부인만이 알아보겠지요. 그리고 나를 위해 마지막 눈물을 흘려주겠지요. 그분께, 내가 다만 가볍고, 가볍고, 또 가벼운 것이었음을 이해하지도 못했던 그분께 나의 마지막 상념을 바칩니다."

"모두들 들으시오! 이리로 오시오! 달려갑시다! 나와 함께 뛰어갑시다! 비겁한 자들이여, 비겁한 모든 이들이여! 달려갑시다……."

"디 벨론다 후작부인!"

"디 벨론다 후작부인!"

"저 여자 미쳤다!"

"들으시오! 저 위로 오릅시다! …… 독방으로…… 페렐라…… 그는 이제 없어요! 내가 어둠을 틈타 불을 갖다주러 갔지만, 그는 없었어요…… 독방은 비어 있었어요…… 벽난로에는 장화만 덩그러니 남아 있었다고요! ……."

"도망쳤다!"

"도망쳤다!"

"아니에요! 날아올랐어요!"

"어디로?"

"어떻게?"

"어디로?"

"하늘로!"

"미쳤군!"

"미쳤군!"

"저 여자를 봐라, 미쳤어!"

"미쳤다고!"

"미쳐 날뛰는군!"

"저 여자를 잡아!"

"이 악당들!"

"저 여자는 미쳐 날뛰고 있어!"

"비겁한 자들!"

"저 여자를 잡아!"

"미쳤어!"

"그분은 날아갔어요!"

"미쳤어!"

"나를 따르세요…… 모두들 나를 따라요…… 자…… 우리 죽음을 향해 갑시다…… 이야기를 들려주러 갑시다…… 죽음을 향해…… 우리는 죽어야 합니…… 아! ……."

"미쳤어!"

"발작을 일으켰어!"

"발작을 일으켰어, 저 여자를 꼭 붙잡아!"

"아니에요! 다가오지 마세요! …… 그녀는 죽어 넘어진 겁니다. 너무나 달리고 싶어 했어요…… 가련한 여자…… 심장이 터져버렸어요."

"오늘 하늘은 어쩌면 이렇게 줄무늬가 피어오를까! 새로운 사람들, 새로운 무리 같아, 그렇지 않아요?"

"그렇습니다."

"저기를 보세요! 저기를!"

"하늘 저 위쪽에 무엇이 있는지 보세요!"

"하얀 독수리들이에요. 백조 같은 순백의 독수리들이 위로, 높이 솟구쳐 오릅니다. 갈고리 같은 부리를 내밀고 하늘로 오릅니다……."

"그분의 신비에 드리운 장막을 찢어 전하기 위해 하느님께 오르고 있는 겁니다!"

"말도 안 돼요!"

"저 위에서 휘날리는 깃발들…… 푸른 하늘을 승리의 피로 칠하러 오르고 있어요."

"말도 안 돼요!"

"하늘에 어쩌면 저렇게 줄무늬가 피어오를까!"

"저 사람들이 하느님께 영혼을 바치러 가고 있는 겁니다!"

"말도 안 돼요!"

"그들이 어디로 가는 걸까요?"

"페렐라를 찾으러 가는 겁니다."

"페렐라!"

"페렐라?"

"페렐라 씨?"

끝

옮긴이의 말

연기, 가벼움의 존재 방식

알도 팔라체스키와 《연기 인간》

알도 팔라체스키는 우리에게 낯선 이탈리아 작가다. 1885년에 태어나 1974년에 세상을 떠난 그가 《연기 인간》으로 한국 독자와 처음 만난다. 온갖 실험적이고 전위적인 문학 운동이 명멸하던 20세기 초반, 그는 미래파 운동가들과 교류하며 작품 활동을 시작했고, 그 틀 위에서 평생의 문학 여정을 이어나갔다. 위기와 갈등의 20세기 역사를 온몸으로 체험하고 반응하며 쌓아 올린 그의 문학은 세상과 소통하는 독특한 이력의 산물이었다.

팔라체스키는 당대를 주도하던 유력 문예지 《라체르바》와 《보체》 등을 통해 작품을 발표하면서 작가의 길을 열었다. 이후 시와 소설, 영화, 드라마, 평론 등의 다양한 분야를 넘나들며 왕성한 활동을 펼친 그는 1차 세계대전 참전 경험에서 우러난 반전 의식을 선명하게 드러냈다. 양차 대전이 다 끝나고 난 뒤 이탈리아가 경제적 고도성장을 거쳐 이루어낸 문화 부흥의 1960년대에 그는 20세기 초반 쌓아 올렸던 자신의 실험 정신을 한 단계 발전시키는 모습을 보여주었다.

팔라체스키는 그의 나이 스물여섯이던 1911년에 《연기 인간》의 초판을 세상에 내놓았지만, 이후 무려 다섯 차례나 개정판을 출간했다. 1911년 처음 발표한 《연기 인간》의 표지에는 '미래파 소설'이라는 문구가 부제처럼, 선언처럼, 달려 있다. 이 작품을 '미래파 소설'로 읽으라는 정언적 명령으로 다가온다. 필리포 톰마소 마리네티가 주창한 '미래파 선언'은 과거와 전통의 완전한 거부와 파괴, 미래로 나아가는 속도의 찬양을 주된 내용으로 담고 있다. 이 정신을 잘 반영한 《연기 인간》에는 시대와 사회의 한계를 넘어서는 역동적 움직임을 향한 열정, 예외적 상태와 존재를 마주하는 반순응주의적 관심이 자리한다. 언뜻언뜻 보이는 페미니즘, 동성애, 광기의 묘사는 이를 보여주는 적절한 사례들이다. 대안의 제시는 사실상 중요하지 않다. '미래'라는 전망을 제시하는 것으로 족하고, 그러기 위해 과거를 부정하는 것이 훨씬 더 중요하기 때문이다.

팔라체스키의 꾸준한 창작 이력은 《연기 인간》을 계속 고쳐 쓰고 새로 발표한 과정에서 잘 드러난다. 1958년 일흔셋의 그는 《연기 인간》이 자신에게 '환상적 글쓰기의 극치이자 행복한 예술적 출구였다'고 회상한다. 50년 가까운 세월 동안 다섯 번이나 다시 썼다는 사실은 그만큼 이 작품에 품은 애정이 지대하다는 뜻이다. 사실상 그의 일생을 관

통한 작품이라는 의미다. 그러나 1911년에 나온 초판에는 뒤이은 다섯 차례의 개정판에서 반복하거나 대체하거나 변경할 수 없는 고갱이가 담겨 있다. 마리네티 곁에서 출판한 '미래파 소설'이라는 야심 찬 정체성은 오직 초판본에서만 확인할 수 있다.

이 소설은 그야말로 20세기 초 이탈리아 미래파를 대표하는 문학 작품이다. 나는 작가가 당시 이탈리아 미래파의 선두에 서서 처음 창작한 구성 그대로를 고스란히 만나고 싶었다. 여러 실험적 요소 때문에 읽기가 그다지 수월하지 않은 1911년 초판을 번역의 원문으로 삼은 가장 큰 이유다. 그 선택이 적절했기를 바란다. 원제목은 《페렐라의 법전*Il Codice di Perelà*》이지만, 내용을 즉자적으로 전달하거나 상상력을 자극하는 제목은 아니라서 문패를 '연기 인간'으로 바꿔 달았다.

이 소설은 독특하게도 연극의 형식과 분위기를 차용한다. 전지전능한 작가의 목소리를 담은 서술보다 등장인물들이 자유롭게 내뱉는 대화가 월등하게 많다. 어찌 보면 화자 표기 없이 대사만 쓰인 희곡처럼 보인다. 그래서 어떤 인물이 말하는지, 몇 명이 말을 주고받는지, 누가 누구에게 말을 던지는지 모호할 수 있다. 그러나 주어를 알 수 없는 그들이 서로 말을 주고받는 광경이 생각보다 무척 자연스럽게, 명확하게 눈앞에 떠오른다. 마치 무대 위에서 상연되는 연극 장면을 보는 듯해서 '연극 소설'이라 불리기도 한다.

페렐라의 왕림

 페렐라는 굴뚝 위에서 33년을 머물다 굴뚝을 타고 내려와 인간 세상에 섞인다. 33년이라는 시간의 흐름 속에서 빚어진 그는 순수의 결정체다. 그는 그 정체성으로 세상을 대하고 세상도 그런 그를 맞아들인다. 굴뚝에서 나와 장화를 신고 도달한 어느 집 현관, 열린 문 앞으로 펼쳐진 길. 그 길을 따라 도시에 도착한 페렐라가 사람들 앞에 모습을 드러낸다. 사람들이 그를 발견하여 왕에게 데려갔지만, 사실은 그가 사람들을 발견하여 왕에게 이른 것으로 봐야 하리라. 왕은 극진하게 대우하고, 사람들은 메시아를 다시 만난 듯 환영한다. 선험적 지식을 갖춘 완전체인 그는 이제 사물과 현실에 도달할 단계에 서 있다. '왕—빌라도'는 그의 선험적 지식에 호기심을 느끼지만, 그의 순수함은 견뎌내지 못한다. 페렐라 앞에 그런 군상의 모습이 나타났다 사라지기를 반복한다. 이제 페렐라가 사람들의 환대에 부응하는 길은 법전을 쓰는 일이다. 페렐라가 맞닥뜨린 사회에서 가장 필요한 것은 새로운 법전이었으므로 모두가 한껏 기대하고 있다.

 사람들은 페렐라가 새로운 법전 집필자라면 마땅히 가져야 할 공정, 객관, 중립, 용기, 사명감 같은 덕목을 갖췄다고 믿는다. 오로지 생각과 사고로만 이루어져 있다고 신봉한다. 어쩌면 도가 지나칠 정도여서 그들을 사랑하는 따뜻한 마음 따위는 없을 수도 있다고 생각한다. 의심만 나부끼는 시대에 새로운 법전이 굳게 지지해야 할 궁극 목표는 만인의 평등한 이익 추구라야 하는데, 그 기획을 실현할 적임자는 오직 페렐라밖에 없다고 본다. 여차저차 법전 집필에 착수한 페렐라는 우선 민생 시찰에 나선다. 시찰 도중 특히 정신병원에서 마주친 사람들의 비일상적이고 기괴한 언행을 접하고, 피할 방법도 없이 적나라하게 드러나는 삶의 이면에 깊은 상처를 입는다.

시찰에서 돌아왔을 때 궁정 하인장 알로로가 지하 납골당에서 불에 탄 채로 발견된다. 알로로는 자기 몸을 태우면 연기가 되어 모두가 숭배하는 페렐라가 될 수 있다고 믿었다. 페렐라는 불에 탄 알로로의 주검을 내려다보며 그저 그가 가벼워지고 싶었던 거라고 말한다. 처음에 사람들은 페렐라를 이루고 있는 연기를 천국으로 받아들였다. 연기 색깔의 옷을 입고, 연기를 기리는 축제와 무도회를 개최하며 연기로 존재하는 가벼움을 칭송했지만, 그 가벼움은 알로로의 죽음 이후 돌연 지옥으로 변질된다. 사람들은 한 사람의 죽음을 '가볍게' 정의하는 페렐라의 무관심에 분개한다. 슬슬 페렐라의 '가벼움'을 세상에서 가장 비상식적이고 어리석으며 무능한 헛소리로 여기다가 마침내 모두의 안녕을 위해 페렐라를 사회에서 격리하고 제거하자는 발언이 쏟아져 나온다. 가벼움은 애당초 사람들이 받아들이기 힘든 것이었다.

사람들은 페렐라가 재림한 예수 그리스도일지도 모른다 잠시 생각도 했지만, 이내 캄캄한 지옥에서 튀어나온, 살인을 저지른 악마의 자식이라 단정하고 재판에 회부하기로 결정한다. 그 어떤 공정함도, 투명한 논리도, 검증도 없고 오로지 부유하는 군중 심리에 떠밀릴 뿐이다. 페렐라는 왕궁을 떠난다. 그를 그냥 떠나보내자고 하는 쪽과 잡아서 엄벌에 처하자고 하는 쪽의 의견이 팽팽하게 나뉜다. 물론 페렐라가 돌아오지 않으면 어쩌나 하는 불안감도 팽배하다.

한편 도시 밖으로 나가 자연에 몸을 맡긴 페렐라는 더욱 가벼워지는 느낌을 받는다. 대조적으로 도시와 사람에 관한 모든 것은 무겁게만 느껴진다. 그런데 도시에 들어가고 싶어 하는 한 소녀를 우연히 만난 뒤 다시 귀환하기로 결심한다. 도시로 돌아온 페렐라는 마치 골고다 언덕을 오르는 예수처럼 끔찍한 고통과 혹독한 시련을 겪는다. 결국 사악한 술수를 동원하여 국가와 국민을 기망한 혐의, 그리고 타인의 자살을 유도한 혐의로 기소되어 재판을 받기에 이른다.

페렐라는 자신을 변호해야 하는 상황에서도 다만 자기가 가볍다는 말만 되풀이한다. 그리고 자기에게 적의를 품은 세상에서 순식간에 철저히 소외된 외부인으로 전락한다. 고함, 야유, 조롱, 협박, 욕설 속에서 오직 벨론다 후작부인만 변호에 나선다. 그녀는 자신도 가볍다 선언하며 끝까지 페렐라를 따르겠다 다짐한다. 막달라 마리아처럼.

페렐라가 갇힌 언덕 위의 오두막 감옥은 어둠에 뒤덮인 불길한 우물처럼 폐쇄되고 고립된 곳이다. 그나마 벨론다의 간절한 요청으로 벽난로가 설치되었다. 그런데 어느 날 페렐라가 법전과 장화만 남기고 사라진다. 정말로 가장 가벼워진다. 소설은 사람들이 사라진 페렐라를 기억하면서 희망과 기대를 다시 품는 낙관적인 장면으로 마무리된다.

연기, 가벼움의 존재 방식

페렐라는 페나와 레테, 라마라는 이름의 세 노파가 불을 피우는 굴뚝 꼭대기에서 연기로 잉태되어 33년을 검은 자궁에 있다가 세상에 내려왔다고 말한다. 숫자 3은 성스러운 삼위일체를 의미한다. 예수 그리스도가 이 땅에 살았던 33년. 예수의 삶과 페렐라의 잉태는 동일한 시간과 역할과 의미가 있다. 페렐라는 이에 대해 "타오르는 불이 육신에서 달성한 가장 정밀한 순화"였다고 말한다. 페렐라는 예수의 삶을 띠고 태어났으므로 예수의 대속代贖의 사업을 이어가고자 했고, 이는 법전의 편찬으로 구체화된다. 초월자인 예수도 인간의 법에 따라 세상을 살았다면, 이제 그 법의 개정이 필요한 때가 되었다.

순수한 페렐라가 쓰려 한 법전은 무엇이었을까? 인간의 언어로 표기될 수나 있는 것이었을까? 말로 할 수 없는, 인간의 언어가 결코 도달할 수 없는, 세상에 적용될 수 없는 법전은 아니었을까? 그래서 페렐라도 결국 인간에게 도달하지 못하고 떠나지 않았을까? 은행가 로델라는 태양이 고액권 수표라고 말한다. 페렐라가 수표는 가벼운 종잇조각

일 뿐이라고 일축해도 은행가는 그 말이 조롱임을 깨닫지 못한다. 세상이 이해하지 못하기 때문에 페렐라의 말과 의도는 이해 불가와 오역의 영역에 머물러 있다.

그럼에도 페렐라는 세상과 관계를 맺고자 한다. 그의 미련은 신었던 장화와 남겨둔 법전에서 드러난다. 장화는 연기인 그와 흙인 세상을 연결하는 매체다. 그래서 굴뚝을 타고 내려와 장화를 신었을 때 비로소 세상에 도달했다. 그는 장화로 세상에 드러나고, 세상은 장화로 그를 인식한다.

장화가 세상에 내려온 페렐라와 사람들을 연결하는 매체라면, 법전은 세상을 떠나는 페렐라가 사람들에게 남긴 흔적이다. 법전에 무슨 내용이 담겨 있을까? 어쩌면 텅 비어 있지 않을까? 우리가 스스로 채우기를 기다리면서 말이다. 그런 면에서 《연기 인간》은 사뮈엘 베케트의 《고도를 기다리며 En attendant Godot》나 디노 부차티의 《타타르인의 사막 Il deserto dei Tartari》과 같은 작품과는 정반대의 구도를 보여준다. 사람들이 무언가를 기다리는 것이 아니라 무언가가 사람들을 기다리는 양상이다. 페렐라는 그런 뒤집힌 구도를 만들어내는 존재, 장치, 동력으로 등장한다.

연기는 무엇이 불에 타 사라질 때 나타나는 희뿌연 기체다. 사라지면서 생겨나는, 죽음이 삶이 되는 현상이다. 그 연기가 되어 나타난 페렐라는 '사라짐―죽음'을 '나타남―삶'으로 치환하는 존재다. 그런 그가 우리도 죽음을 삶으로 바꾸며 존재하라고, 죽음을 통해 삶을 살아가라고 권유한다.

'죽음을 삶으로 대체하고, 사라짐을 통해 나타나라.'

이것이 페렐라의 연기 인간이 우리에게 선사하는 가벼움의 존재 방식이다.

이 작품은 현대 사회와 인간 본성의 여러 얼굴을 초현실적인 동화의 분위기에 실어 풍자한다. 화자들이 나열되거나 엇갈리고 연결되면서 풀어놓는 이야기를 통해 우리 삶의 실존 상황들을 거침없이 드러낸다. 팔라체스키가 창조한 연기 인간은 질료의 무게로부터 자유로운 삶을 살아가는 존재다. 연기로 이루어진 비현실의 존재. 그는 세상을 바라보는 철저히 새로운 시각인 가벼움의 표상이다. 낯설고 우스꽝스럽고 비정상적이고 역설적이고 애처로운 주변 인물들을 향해, 우리 사회의 전통 질서와 가치 체계를 향해 거침없이 냉소를 던진다. 작가는 더할 나위 없이 환상적이고 실험적인 방식으로 대단히 반전통적인 존재를 빚어낸다.

100년 전에 《연기 인간》이 세상에 던진 가벼움의 존재 방식이 지금 우리에게 불러일으키는 파장은 무엇인가? 끝없이 가벼워져서 늘 새롭게 세상을 바라보고 늘 새롭게 살았던 페렐라의 존재 방식은 우리 시대와 사회에서도 똑같이 유효하다. 다만 우리는 메시아를 기다리기보다는 메시아를 만들어야 할 책무를 지니고 있다. 그것이 페렐라가 장화와 법전을 남기고 떠난 까닭이다. 장화가 우리를 가벼움으로 이끄는 매체라면, 법전은 우리가 가벼움의 존재 방식으로 새로운 사회를 만들어야 할 시대적 사명의 상징이기 때문이다. 100년 전의 낯선 미래파 소설이 여전히 새로운 기운으로 우리 곁에 자리하기를 바란다.

알도 팔라체스키 연보

1885년
2월 2일, 피렌체의 상인인 아버지 알베르토 주를라니와 어머니 아말리아 마르티넬리 사이에서 태어났다. 아버지가 피렌체의 최고 번화가인 칼차이우올리가街에 고급 장갑과 넥타이 매장을 소유하고 있어 알도는 유복한 환경에서 자랐다. 본명은 알도 주를라니Aldo Giurlani이고, 팔라체스키Palazzeschi라는 필명은 외할머니 안나 팔라체스키의 성에서 가져왔다.

1902년(17세)
레온 바티스타 알베르티 기술학교(중고등학교 과정)를 졸업했다. 부모는 아들이 경제학을 공부하기를 원했지만, 연극에 열렬한 관심을 가졌던 알도는 톰마소 살비니 연극학교에 입학했다. 이때부터 본격적으로 문학 수업을 받았으며, 가브리엘 단눈치오와 마리노 모레티 같은 당대를 대표하는 작가들을 만나 큰 영향을 받았다.

1905년(20세)
11월, 첫 번째 시집 《백마 *I cavalli bianchi*》를 자비로 100권 출간했다.

1907년(22세)
2월, 두 번째 시집 《가로등 *Lanterna*》을 출간했다. 7월, 첫 번째 소설 《:성찰: *riflessi*》을 발표했다. 후일 알도는 이 작품을 "혼란스럽고 절망적인 젊은 시절을 충실하게 재현한다"고 회상했다. 두 번째 소설《연기 인간*Il Codice di Perelà*》집필에 착수했다.

1909년(24세)
시선집《알도 팔라체스키의 시*Poemi di Aldo Palazzeschi*》를 출간했다. 이 책으로 알도는 미래파 소속 시인으로 명성을 얻었고 이후 미래파 운동에 활발하게 참여했다.

1911년(26세)
3월,《연기 인간》을 출간했다. 이 작품은 '미래파 소설의 전형'이라는 평가를 받았고, 알도는 일약 미래파 대표 작가로 떠올랐다.

1912년(27세)
마리네티, 소피치, 파피니와 같은 미래파 시인들과 적극적으로 교류하여《미래파 시인들*I poeti futuristi*》을 출간했다.

1913~1915년(28~30세)
미래파를 대표하는 유력 잡지《라체르바*Lacerba*》를 중심으로 작품을 발표하며 활발하게 활동했다.

1916~1920년(31~35세)
7월에 징집되어 1919년 3월까지 군 복무를 했다. 제대 후 피렌체로 돌아와 활동을 재개하고 1920년에 전쟁에 대한 비판을 담은《사라진 두 개의 제국*Due imperi.... mancati*》을 발표했다.

1921년(36세)
소설집《아름다운 왕*Il Re bello*》을 출간했다.

1925년(40세)
파리로 건너가 여러 문우를 사귀었다. 2차 세계대전이 일어나기 전까지 여러 차례 파리에 머물면서 활동했다.

1930년(45세)
밀라노에서 《시집》의 개정판을 출간했다.

1934년(49세)
소설 《마테라시 자매들 Sorelle Materassi》을 출간해 평단의 호평을 받았고, 대중적으로도 큰 성공을 거두었다. 이탈리아 학술원 회원으로 추천되었으나 무솔리니의 반대로 무산되었다.

1938년(53세)
어머니가 세상을 떠났다.

1940년(55세)
아버지가 세상을 떠났다. 피렌체를 떠나 로마에 새로 정착하여 그곳에서 여생을 보냈다. 로마의 작가 및 예술가들과 교류하는 가운데 《시집》 개정판과 《비범한 소설들 1907~1914 Romanzi straordinari 1907-1914》을 출간했다.

1943년(58세)
1934년에 출간한 동명의 소설을 원작으로 영화 〈마테라시 자매들〉이 제작되었다.

1948년(63세)
오랫동안 집필에 매달린 소설 《쿠콜리 형제들 I fratelli Cuccoli》을 출간하면서 비아레지오상 Premio Viareggio을 수상했다. 베네치아 국제 영화제 심사위원으로 위촉되어 1950년대까지 활동했다.

1950~1951년(65~66세)
《에포카 Epoca》를 비롯한 잡지에 영화 평론을 게재했다. 베네치아에

아파트를 마련하고 여름에는 베네치아에서, 겨울에는 로마에서 지냈다.

1953년(68세)
소설 《로마Roma》를 발표했고, 이 작품으로 마르초토상Premio Marzotto을 수상했다.

1956년(71세)
소설 《젊음의 유희Scherzi di gioventù》를 발표했다. 1964년까지 베네치아와 로마를 오가는 생활을 하며 여러 매체에 정기적으로 기고했다.

1958년~1962년(73~77세)
《연기 인간》의 다섯 번째 개정판을 출간했다. 1962년에 파도바대학교에서 명예박사 학위를 받았다.

1964년(79세)
자전 산문집 《기억의 기쁨Il piacere della memoria》을 발표했다.

1965~1972년(80~87세)
고령에도 당시 유행하던 네오아방가르드Neo-Avant-garde 운동에 참여하고, 여러 편의 소설과 시집을 발표하는 등 여생 동안 왕성한 활동을 펼쳤다. 1972년 단눈치오상Premio D'Annunzio을 수상했다. 텔레비전 드라마 〈마테라시 자매들〉을 각색하고 연출했다.

1974년(89세)
8월 17일, 로마에서 세상을 떠났다. 유언에 따라 피렌체 근교의 세티냐노에 묻혔다.

옮긴이 박상진

한국외국어대학교에서 이탈리아 문학을 공부하고 영국 옥스퍼드대학교에서 문학 이론으로 박사학위를 받았다(2000). 미국 하버드대학교(2006~2008)와 펜실베이니아대학교(2012~2013), 캘리포니아대학교 버클리 캠퍼스(2019~2020)에서 방문 교수로 단테와 비교문학을 연구했다. 부산외국어대학교에서 이탈리아 문학과 세계문학, 동서 문명 비교, 르네상스, 예술사 등을 가르쳤다. 현재 작가, 번역가, 인문학 연구자로 활동하고 있다. 오랫동안 인문학과 비교문학의 기반 위에서 단테를 연구하고 단테에 관한 글을 썼으며, 2020년에 단테 연구 업적을 인정받아 이탈리아에서 제47회 플라이아노 Flaiano 학술상을 수상했다.

《이탈리아 문학사》,《에코 기호학 비판: 열림의 이론을 향하여》,《열림의 이론과 실제: 해석의 윤리와 실천의 지평》,《지중해학: 세계화 시대의 지중해 문명》,《비동일화의 지평: 문학의 보편성과 한국문학》,《단테 신곡 연구: 고전의 보편성과 타자의 감수성》,《사랑의 지성: 단테의 세계, 언어, 얼굴》,《*A Comparative Study of Korean Literature: Literary Migration*》,《단테가 읽어주는 '신곡'》,《단테: 내세에서 현세로, 궁극의 구원을 향한 여행》 등을 썼고,《신곡》(3권)과《데카메론》(3권)을 비롯하여《보이지 않는 도시들》,《아방가르드 예술론》,《근대성의 종말》,《대중문학론》,《수평선 자락》,《꿈의 꿈》,《레퀴엠》,《인도 야상곡》,《귀스타브 도레가 그린 단테 알리기에리의 '신곡'》 등을 옮겼으며,《지중해, 문명의 바다를 가다》를 엮었다.

연기 인간

1판 1쇄 발행   2023년 4월 10일

지은이	알도 팔라체스키
옮긴이	박상진
펴낸곳	(주)문예출판사
펴낸이	전준배

편집	이효미 백수미 박해민
디자인	최혜진
영업·마케팅	하지승
경영관리	강단아 김영순

출판등록	2004.02.12. 제 2013-000360호 (1966.12.2. 제 1-134호)
주소	04001 서울시 마포구 월드컵북로 21
전화	393-5681
팩스	393-5685
홈페이지	www.moonye.com
블로그	blog.naver.com/imoonye
페이스북	www.facebook.com/moonyepublishing
이메일	info@moonye.com
ISBN	978-89-310-2312-1 03880

잘못 만든 책은 구입하신 서점에서 바꿔드립니다.

문예출판사® 상표등록 제 40-0833187호, 제 41-0200044호